인생녹음중
아내 남편

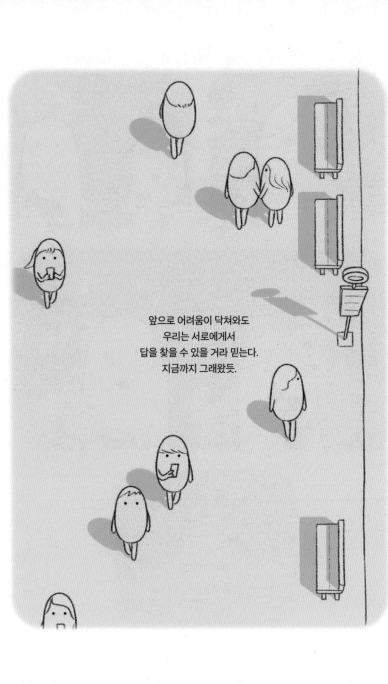

앞으로 어려움이 닥쳐와도
우리는 서로에게서
답을 찾을 수 있을 거라 믿는다.
지금까지 그래왔듯.

인생 녹음 중

인생 녹음 중

1판 1쇄 인쇄 2025. 4. 15.
1판 1쇄 발행 2025. 4. 29.

지은이 인생 녹음 중 부부

발행인 박강휘
편집 구예원   디자인 유향주   홍보 박은경·이아연   마케팅 이서연
발행처 김영사
등록 1979년 5월 17일(제406-2003-036호)
주소 경기도 파주시 문발로 197(문발동) 우편번호 10881
전화 마케팅부 031)955-3100, 편집부 031)955-3200 | 팩스 031)955-3111

값은 뒤표지에 있습니다.
ISBN 979-11-7332-198-6   03810

홈페이지 www.gimmyoung.com   블로그 blog.naver.com/gybook
인스타그램 instagram.com/gimmyoung   이메일 bestbook@gimmyoung.com

좋은 독자가 좋은 책을 만듭니다.
김영사는 독자 여러분의 의견에 항상 귀 기울이고 있습니다.

노래와 웃음이 함께하는 티키타카 부부의 일상

인생 녹음 중

인생 녹음 중
부부 지음

김영사

남편

잘 웃습니다. 착합니다.

엉뚱한 생각을 많이 합니다.

상상을 뛰어넘는 엄청난 길치입니다.

칭찬과 먹을 것에 매우 취약합니다.

영상 만드는 걸 좋아합니다.

차에서 노래 부르는 아내가 웃겨서 녹음을 하기 시작했습니다.

녹음에 맞춰 남편이 그린 그림을 더해 〈인생 녹음 중〉 채널이 탄생했습니다.

아내

아내 역시 엉뚱합니다.

다행히 아내는 길눈이 밝습니다.

남편이 졸음운전하지 않도록 옆에서 노래를 부르기 시작했습니다.

지금은 노래를 부르고 싶어서 차에 탑니다.

부르는 노래가 거기서 거기라 남편도 아내가 부르는 노래를 다 외웠습니다.

가끔은 아내가 운전을 하고 남편이 노래를 부릅니다.

둘 다 잘 부르진 못해도 즐겁습니다.

왜 일상을 녹음하나요?

녹음을 시작한 이유는 아주 단순해요. 그 안에 담기는 건 오직 목소리뿐이기 때문이지요. 그런데 녹음 파일을 들어보면 오히려 사진이나 영상 속의 나보다 더 나다운 나, 우리다운 우리의 모습을 발견합니다. 알게 모르게 의식하는 겉모습이 사라지니 오히려 있는 그대로의 우리 본모습을 표현할 수 있었나봐요.

그래서 저희 부부는 소소한 순간들을 녹음으로 기록하기 시작했습니다. 평범한 일상 속 잔잔히 빛나는 순간을 한데 모아 필요할 때 꺼내보고 싶었거든요. 영화 〈인사이드 아웃〉에서 기쁨이가 핵심 기억 구슬을 소중히 모으는 것처럼요. 그렇게 하나 둘 크고 작은 행복의 순간을 기록하다 보면, 주어진 삶의 진정한 아름다움을 알아보는 심미안을 가질 수 있지 않을까요. 진정한 행복이란 바깥에 있는 게 아니라 우리 안에 있다는 사실도요.

저희의 작은 '일상 아카이빙' 유튜브 채널이 갑작스럽게 많은 관심을 받아 무척 놀라기도 했습니다. 아주 보통의 일상이지만 남편이 직접 그린 그림과 만나 재미와 생명력이 더해졌습니다. 많은 분들이 남긴 온기 어린 댓글 또한 저희 채널을 특별하게 만들어주었다고 생각해요.

특히나 '영상을 보고 나니 덩달아 행복해집니다' '배우자와 한층 더 가까워진 것 같아요' '우리 커플도 듀엣곡 노래 연습을 시작했어요' 등의 댓글은 우리 부부에게 큰 힘이 되고 용기가 되었습니다.

'평소 아내에게 무심하게 대했던 게 미안해져 퇴근길에 꽃을 샀어요'라는 댓글도 감명 깊었습니다. 영문도 모르고 꽃을 건네받은 분이 느꼈을 놀라움과 입가에 번지는 미소가 저희에게도 전해지는 듯했지요. 누군가에게 작게나마 즐거움을 줄 수 있다는 게 이토록 큰 기쁨인 줄 전에는 미처 몰랐습니다. 영상을 만들기까지 겪었던 심적 롤러코스터는 기억조차 나지 않을 정도지요. 그래서 앞으로도 저희는 일상을 녹음하고 그 일부를 공유해보려 합니다.

이 책에 영상으로 미처 다 옮기지 못한 저희 부부의 일상과 연애사를 그림과 함께 담았습니다. 부족한 글이지만 재미있게 봐주셨으면 좋겠습니다. 한낮의 분주한 도로 옆에서도 피어나는 들꽃처럼, 여러분의 삶 속에 작은 기쁨을 줄 수 있는 책이었으면 하는 욕심을 내봅니다.

1장

별게 없어서
우린 즐겁다

3장

힘든 일이
우리를
강하게 만든다

4장
너만 있으면 괜찮아

1장

별게 없어서

우린 즐겁다

ㅋㅋ

살면서 가장 신기했던 일*

남편

일어날 수 없는 일이 일어났다. 〈인생 녹음 중〉 채널의 구독자가 놀라울 정도로 빠른 속도로 늘어난 것이다. 여러 인터넷 기사와 게시물을 통해 '떡상'한 채널로 소개되었고 우리 채널의 댓글 창은 온통 동네 잔치 분위기였다. 불과 몇 주 만에 50만 명을 기록한 게 믿기지 않아 하루에도 몇 번씩 얼떨떨한 웃음이 났다. 솔직히 운이 아주 좋았던 경우라고 말할 수밖에 없다. 유튜브 알고리즘의 간택을 받기 전에는 댓글이 겨우 한두 개 달릴까 말까 하는 정도였으니까.

1분 남짓의 영상을 만들려면 대략 일주일에서 이주일 정도가 걸렸다. 주로 퇴근 후 저녁과 주말에만 틈틈이 작업을 하기 때문이다. 한 편을 만들 때마다 평균적으로 천 번 이상은 재생해 보며 자잘한 부분을 수정하는데도 막상 업로드 버튼을 누르는 순간이 닥치면 어김없이 떨렸다. '미처 발견하지 못한 실수가 있진 않나' '더 고칠 곳은 없나' 전전긍긍했었다. 떨리는 마음 반, 에라 모르겠다 싶은 체념의 마음 반으로 업로드 버튼을 눌렀다.

자잘한 실수는 꼭 공개한 후에야 보였다. 왜 이걸 못 봤지? 하고 머리를 싸매지만 곧 크게 걱정하지 않아도 됨을 깨달았다. 채널 초기에는 보는 사람이 많지 않았기 때문이다. 한 시간, 하루, 하다못해 일주일이 지나도 세 자리 조회 수를 넘기기가 어려웠다. 그토록 공들여 만든 영상은 광활한 바다에 던져진 모래알 하나일 뿐이었다.

"우리 채널 말이야, 볼수록 정감 가고 재미있어."

그때 응원을 보내준 건 나의 유일한 팬, 아내였다.

"남들 반응 신경 쓰지 말고 계속해봐. 우리의 일상 기록이기도 하니까."

그렇게 힘을 얻어 몇 편을 올리고 다시 의지가 꺾여 몇 편을 지우기를 반복하던 어느 날이었다. 3천여 명이었던 구독자가 하루아침에 열 배로 늘어나 있는 게 아닌가! 두 눈을 의심하며 몇 번을 다시 확인했다.

구독자 수가 갑자기 이렇게 늘었다고?! 그 이후로도 계속 늘어났다. 5만, 10만, 20만, 50만··· 몇 주 사이에 빠른 속도로 불어났다. 댓글 창에는 우리 부부보다 더 신나게 실시간 구독자 수를 카운팅해주는 사람들로 북적였다. 댓글 하나하나가 큰 응원 소리처럼 느껴졌다. 구름 위를 걷는 듯 황홀했다.

그날도 실시간으로 늘어나는 구독자 수를 보고 있었다. 100만 명! 마침내 100만 명을 돌파한 걸 보곤 흥분을 감추지 못하고 아내에게 말했다.

"이럴 수가! 우리 채널이 구독자 100만 명을 달성하다니!"

"정말 신기해! 근데 한편으론 또 당연한 일 같기도 해."

아내도 함께 방방 뛰며 기뻐할 줄 알았는데 돌아오는 대답이 의외로 차분했다.

"당연하다니 그게 무슨 말이야?"

"왜 그런 말 있잖아, 세상은 한 만큼 돌려준다고. 나로선 내게 가장 귀한 걸 보여줬으니 당연한 결과 같기도 하거든."

요상한 논리였지만 대략 무슨 말인지 알 것 같았다. 만들어 올린 영상 하나하나가 우리로서는 그 무엇과도 바꿀 수 없는 소중한 순간들이었기 때문이다. 하지만 우리에게 소중한 순간이라고만 생각했지, 밖으로 꺼내보였을 때 다른 사람들이 어떻게 받아들일지는 예상하지 못했다. 그래서 영상에 드러나는 표면적인 언어가 아닌 그 속에 담긴 진심을 많은 분들이 알아주신 것에 우리는 크게 놀랄 수밖에 없었다. 영상 속 아내를 바라보는 남편의 눈빛에서 사랑이 느껴진다는 재치 있는 댓글도 있었고, 목소리만으로 우리 부부의 성정을 유추하는 댓글도 있었다.

구름 위를 걷는 듯한 기분은 그리 오래 가지 않았다. 컴퓨터 앞에 앉아 있는 시간이 더 길어지고 잠자는 시간이 조금 짧아진 걸 제외하면 일상이 크게 변하지 않았기 때문이다. 늘 비슷한 시간에 일어나 하루를 준비하고, 하루에 한 번은 산책을 가고, 이따금씩 날리는 나의 아재 개그에 웃지 않는 아내를 보며 "지금은 안 웃겨도 이따 자기 전에 생각나서 분명 웃을 것"이라고 덧붙이고 같이 끅끅대고 웃는, 지극히 일상적인 나날이 계속되었다.

서툰 그림 속 진심을 알아본 분들이 댓글로 공감해줄 때 가장 기쁘다. 어떤 분들은 영상보다 더 재미있고 기발한 댓글로 우리를 배꼽 잡게 만든다. 우리의 일상을 조금씩 잘라서 다른 이들과 나누었더니, 결과적으로 다른 이들의 삶과도 연결되는 듯한 신기한 경험을 하게 된다. 비슷한 또래도 아니고, 특정한 지역에서 태어나 살지 않았더라도 모두가 비슷한 감정과 경험을 공유하고 있다는 사실이 새삼 놀랍다.

따지고 보면 세상은 '우리'와 '저들'로 이루어진 게 아니라, 큰 '우리'만 있을 뿐이라는 데까지 생각이 뻗친다. 그 어느 때보다도 풍요로우면서도 척박한 시대를 함께 견디는 동료들처럼 느껴져 덜 외롭다. 행복을 나누면 배가 된다는 당연한 사실을 직접 체험하는 요즘이다.

구독자 수나 조회 수는 오늘 얻어도 내일은 잃을 수 있는 것이다. 그보다 중요한 건 감히 숫자로 매길 수 없는, 서로 함께 공감하며 웃고 위로하는 연결된 순간이 아닐까. 그 놀라운 짜릿함을 위해, 앞으로도 나는 떨리는 마음으로 업로드 버튼을 누를 것이다.

"나와 결혼해줄래?"•

남편과 나는 4년 연애 끝에 결혼했다. 4년이나 사귀었다는 걸 이 글을 쓰면서 손가락을 접어가며 세어보다가 알았다. 평소 주위에서 서로 몇 년 사귀고 결혼했냐고 물어보면 으레 2년 정도 사귀었다고 답했던 나였다. 언제는 남편이 옆에서 듣다 말고 '무슨 2년이야, 3년은 됐지'라고 고쳐줬는데 결론은 둘 다 틀렸다.

아직 남편이 남자친구였을 적의 일이다. 내 생일을 맞아 남편이 예약해둔 식당이 있다고 했다. 늘 데이트 당일이 되어서야 '그럼 우리 오늘 뭐 할까'를 고민하던 그가 미리 식사

장소를 알아보았다는 사실에 감격스러웠다.

　예약한 곳은 한강이 한눈에 내려다보이는 멋진 레스토랑이었다. 테이블 위에 아른거리는 촛불, 야경이 보이는 창가에서 즐기는 코스 요리와 레드와인. 당시 취준생이었던 나로서는 꿈만 같은 시간이었다. 식사를 마치고 남편이 잠시 자리를 비운 사이에 직원분이 디저트를 고르라며 메뉴를 건넸다. 디저트 메뉴가 마치 책처럼 두꺼웠다. 배 속에 무언가를 더 채울 자리가 있을지 잠깐 행복한 고민을 하며 첫 장을 넘겼다.

　그런데 이게 무슨 일? 첫 페이지에 떡하니 내 이름이 적혀 있었다. 놀란 나머지 그대로 얼어붙었다. 남편을 찾으려 주위를 둘러볼 생각조차 하지 못했다. '와인 탓인가, 헛것을 보았나' 생각하며 침착하게 다음 장을 넘겼다. 레스토랑에서는 어느새 산울림의 〈너의 의미〉가 흘러나오고 있었다. 남편과 함께 곧잘 듣고 따라 부르던 노래였다. 눈은 책에 고정되어 있었지만 사실 아무것도 보이지 않았다. 심장은 쿵쾅거리고 손에 땀이 났다.

　책장을 넘기니 '저녁 괜찮았어요?'라는 문장이 써 있었다. 다음 장을 넘기니 '나야 나, 어떻게든 네 옆에 붙어 있어보려는 남자'라는 글귀와 함께 내 얼굴에 자신의 얼굴을 찰싹 붙이고 찍은 사진도 있었다. 웃음이 나왔다. 그때까지도 눈치 제로인 나는 프러포즈의 '프' 자도 생각하지 못했다. 이전까지 진지하게 결혼에 대해 이야기해본 적이 한 번도 없었으니 말이다.

페이지마다 짤막하게 쓰인 문장들 옆엔 그간의 추억이 담긴 사진들이 있었다. 나의 대학교 졸업식 날 회사에 휴가를 내고 꽃다발을 들고 나타났던 남편, 소원을 빽빽히 적은 풍등을 날려보려고 애를 먹었던 새해전야, 아무런 장비도 없이 실낚시로 우럭 여섯 마리를 낚았던 날, 야간 개장한 놀이동산에서 새벽 3시까지 노느라 초췌해진 모습까지… 그리고 마지막 장을 넘기자 백지 한가운데에 크고 또렷한 일곱 글자가 쓰여 있었다.

'나와 결혼해줄래?'

예상치 못한 결말에 어리둥절한 기분이 들어 그제야 고개를 들고 주변을 둘러보았다. 저 멀리 복도에 있던 남편이 잔뜩 긴장한 채로 걸어오는 게 보였다. 그가 뚝딱거리며 내딛는 한 걸음 한 걸음이 슬로 모션처럼 느껴졌다. 기름칠이 필요한 양철 나무꾼처럼 삐걱삐걱 걸어온 남편은 한쪽 무릎을 꿇고 바들바들 떨리는 손으로 안쪽 주머니에서 반지를 꺼냈다. 이걸 고르느라 분명 몇 날 며칠을 고민했을 터였다. 한쪽 무릎을 꿇은 채 잠자코 앞만 보고 있는 남편은 흔들리는 촛불 아래 떨고 있었다.

"오빠가 직접 끼워줘야지."

내 속삭임을 듣고 퍼뜩 놀란 남편은 반지를 꺼내 왼손 약지에 조심스럽게 끼웠다. 웃으며 남편을 끌어안았다. 주변 사람들의 환호와 박수소리가 들렸다. 꿈인지 현실인지 모를 그때, 어디선가 바주카포를 닮은 대포 카메라를 든 사람이 나타났다. 뒤로 넘어갈 만큼 놀랐으나 그날 밤은 놀람의 연속이었으므로 멋쩍게 웃을 수밖에 없었다.

"여긴 내 대학교 때 친구야. 아까부터 계속 저 자리에 앉아서 우릴 찍고 있었어."

남편이 수줍게 말하며 맞은편 테이블을 가리켰다. 전문 장비를 들고 있던 사람은 남편의 부탁으로 현장 촬영을 맡아준 친구였다. 두 사람은 그 전날에도 식당에 와서 어디에 앉아 어떻게 촬영할 건지를 의논했다고 덧붙였다. 덕분에 그날의 기록은 나의 휴대폰 사진첩 속 가장 첫 번째 순서에 소중하게 저장되어 있다.

집으로 돌아가는 차 안에서 반지를 낀 손이 어색해 계속 만지작거리며 내려다봤다. 이 반지가 어떤 의미인지, 오늘 하루가 어떤 의미인지를 곱씹다가 왈칵 눈물이 났다. 당시

나는 대학 졸업 이후 어떤 일을 해야 할지 갈피를 못 잡고 이 직장 저 직장을 전전하다 1년 조금 넘게 다닌 회사를 그만둔 상태였다. 모든 세상 사람들이 나에게 '안 돼'라고 말할 때 남편만이 손을 내밀어주었다.

대체 결혼 같은 건 왜 해야 하는지 모르겠다고 말하던 당시의 나였다. 주변에서 결혼하라고 닦달하는 점만 제외하면 내 삶이 충분히 만족스러웠기 때문이다. 하지만 남편을 만난 이후로 생각이 점차 바뀌었다. 누군가에게 이토록 열과 성의를 다해 마음을 드러낼 용기가 나에겐 없었다. 진정 결혼이 필요하지 않은 사람들과 달리, 나는 그저 상처와 변화가 두려운 사람이었다.

그날 남편의 용기에 다시 한번 진심으로 반했다. 얼떨떨한 밤이 지나고 우린 결혼을 약속한 사이가 되었다.

"돈은 얼마나 모았어?" *

남편

비밀리에 준비한 깜짝 프러포즈는 대성공이었다. 그날의 하이라이트이자 가장 큰 고비였던 책을 건네는 작전도 부드럽게 이어졌다. 디저트 메뉴라며 자연스럽게 건네는 걸 멀리서 확인하고는 속으로 크게 '예스!'를 외쳤다. 그날 밤 아내를 옆에 태우고 시원하게 뚫린 강변북로를 달리니 마치 탄탄대로 같은 미래로 나아가는 듯했다. 세상을 다 가진 기분이었다.

하지만 감동의 여운도 잠시, 며칠 뒤 만나 같이 밥을 먹던 아내가 물었다.

"돈은 얼마나 모았어?"

순간 헛기침이 날 뻔했다. 여태껏 술술 넘어가던 밥이 갑자기 콱 막혀서 안 넘어갔다. 사실 모아놓은 돈이 한 푼도 없었기 때문이다.

나는 예나 지금이나 돈 관리를 못한다. 믿을 구석이 있는 것도 아닌데 무슨 배짱인지 돈을 모으지 않았다. 노력을 아예 안 한 건 아니다. 저축한답시고 적금을 들어도 자꾸 깰 일만 생겼다. 나중엔 '어차피 못 모을 거 그냥 쓰고 말자'는 생각으로 대책 없는 소비 생활을 이어갔더랬다.

당시 아내는 이런 사실을 전혀 몰랐다. 아내에게 잘 보이고 싶어서 굳이 안 해도 될 말, 즉 진행 중인 사업이 무척 잘될 것 같다('~일 것 같다'에 주목하자)는 말도 했었고, 데이트 비용도 대부분 내가 흔쾌히 척척 내왔다. 그렇게 내일 없이 사는 욜로YOLO 라이프가 결혼 직전까지 계속 이어졌다.

하지만 아내의 단도직입적인 질문에 이제 꼼짝없이 답해야만 했다. 수치스러운 잔고가 수면 위로 떠오르는 순간이었다. 내가 빈털터리임을 알게 된 아내는 놀란 표정을 숨기지 못했다. 오케이 손짓을 하듯이 손가락을 동그랗게 구부려 "가진 게 정말 빵, 빵 원이라는 거야?"라고 거듭 물었다. 대답 대신 고개만 끄덕였다. 부끄러움을 조금이라도 모면하고자 지금 하고 있는 사업 때문이라느니, 부모님 생활비 지원 때문이라느니 궁색한 변명을 덧붙였다. 아내의 웃음이 잦아들더니 나중엔 깊은 생각에 빠진 듯 말이 없었다. 나도 달리 할 말이 없는 입장이라 잠자코 있다가 결국 그날은 밥만 먹고 각자 집으로 돌아갔다.

그날 밤, 자려고 누우니 잠이 오지 않았다. 과거의 내 자신이 미치도록 원망스러웠다. 뭘 믿고 그렇게 생각 없이 살았을까. 남들 저축하고 투자하며 노후 준비할 때 난 뭘 했던 걸까. 이럴 걸, 저럴 걸, 고통스런 생각만 쉼 없이 이어지는 밤이 계속됐다.

며칠 뒤 아내에게서 잠깐 만날 수 있느냐는 연락이 왔다. '빵 원' 대화 이후 처음으로 얼굴을 보는 자리였다. 어색한 분위기가 감도는 가운데 아내는 무언가 결심한 듯 심각한 표정이었다. 그러다 불현듯 내 손을 잡고는 나에게 시선을 고정한 채 말했다.

"결혼하기 전에 딱 이천만 원만 모아봐, 내년까지."

농담인 줄 알았는데 눈빛이 사뭇 진지했다. 웃으려다 말고 짐짓 나도 아내처럼 심각한 표정을 지었다. 이천만 원을 모아보라니 이게 무슨 뜻이지? 그때 깨달았다. 아내가 나에게 기회를 주려는 것임을. 지난 며칠간 내가 자괴감에 빠져 있을 동안, 아내는 같이 앞으로 나아갈 수 있는 해결책을 찾고 있었다.

잠시 생각해보니 빠듯한 봉급에 힘들긴 하겠지만 아예 불가능한 일은 아니었다. 하늘에서 내려오는 동아줄을 잡는 심정으로 고개를 세차게 끄덕였다. 그로부터 일 년간 씀씀이를 줄이고, 퇴근 후 아르바이트를 하며 돈을 모았다. 마침내 약속한 금액이 은행 잔고에 찍힌 순간을 잊지 못한다. 처음으로 큰돈을 저축한 내 자신이 자랑스럽게 느껴졌다.

하지만 결혼 준비를 하면서 맞닥뜨린 현실은 또 한 번 좌절을 안겨주었다. 신혼집 찾기가 가장 큰 문제였다. 부동산 앱을 켜면 지도상에 수백, 아니 수천 개의 매물이 동그라미 형태로 표시된다. 큰 동그라미, 중간 동그라미, 자잘한 동그라미… '세상에 살 집이 이렇게 많은데, 우리 몸 뉘일 곳 하나 없겠어?'라고 생각했지만 우리 예산을 필터로 적용하는 순간 모든 동그라미가 비눗방울 터지듯 자취를 감추어버렸다. 그 많던 동그라미가 다 어디로 사라졌는지, 아무리 지도를 이동하며 찾아봐도 꽁꽁 숨어서 나오질 않았다.

구석에 아직 남아 있는 작은 동그라미를 표시해두고 그중 몇 곳을 부단히도 열심히 찾아다녔다. 다행히 우리 마음에 쏙 드는 집을 찾을 수 있었다. 내가 모은 돈에 아내가 모은 돈, 장모님 돈, 그리고 은행 대출까지 보태 간신히 전셋집을 구했다.

집을 구하고 결혼을 준비하는 과정이 힘들기만 했던 건 아니었다. 좌절감도 느꼈지만 설레고 행복했다. 결핍 속에서도 잘 찾아보면 기뻐하고 웃을 일은 많다. 부동산 앱에서 본 그 많던 동그라미가 싹 사라지는 걸 보고 아내가 마술 같다며 박수를 치고 웃던 모습도 떠오른다.

마음에 드는 집을 찾아 계약금을 넣고 나서는 모든 게 잘 풀릴 것이라 예상했으나, 전세 대출을 양껏 받아도 일부가 모자라다는 걸 알게 되었을 때는 정말이지 눈앞이 캄캄했다. 아내에게 말도 못 하고 혼자 끙끙 앓고만 있었다. 그때, "엄마가 결혼자금에 얼마를 보태 주시겠대"라는 아내의 말에 두 다리에 힘이 탁 풀렸던 순간은 지금도 잊지 못한다.

안도감은 물론이고 고마움과 미안함 등 복합적인 마음에 북받쳐 그 자리에서 엉엉 울고 말았다. 아내는 내가 그런 일로 고민하고 있는 줄은 꿈에도 몰랐다며 나를 위로했다.

한 푼도 모아두지 못한 나에게 싫은 소리를 해도 이상할 게 없던 상황에서 "내년까지 이만큼만 더 모아보자"고 말한 아내의 다부진 모습을 나는 평생 잊지 못할 것이다. 소박하게 시작한 결혼 생활인 만큼 지금은 함께 이루는 작은 성과에도 크게 기뻐하며 살고 있다. 앞으로 어려움이 닥쳐와도 우리는 서로에게서 답을 찾을 수 있을 거라 믿는다. 지금까지 그래왔듯.

나에겐 '스드메'보다 '사세미'°

아내

'스드메'는 결혼을 준비할 때 결정해야 하는 가장 중요한 코스를 이르는 말로, 많이들 알다시피 스튜디오, 드레스, 메이크업의 줄임말이다. 각각의 요소는 개인의 필요에 따라 또 수많은 갈래로 나뉘어지기 때문에 깊이 파고들수록 머리가 아픈 게 스드메다.

다행히도 나는 큰 두통 없이 스드메를 해결할 수 있었는데, 패션 디자이너인 친한 언니의 공이 가장 컸다. 몇 년 먼저 결혼한 언니네 부부와 우리는 함께 자주 어울렸다. 언젠가 술자리에서 "만약에 너희 둘이 결혼하게 되면 내가 결혼

41

할 때 만들어 입었던 웨딩드레스 빌려줄게!"라고 호언장담을 했는데 그 말이 현실이 되었다. 언니의 세상 하나뿐인 소중한 드레스를 빌려 입게 되어 드레스가 해결됐다. 메이크업은 지인 찬스를 써서 예약을 했고, 스튜디오는 과감하게 패스했다. 결혼 준비라는 것이 우려했던 만큼 힘들지는 않았다.

당시 나는 새로 이직한 직장에서 반년 정도 근무했을 때였다. 많은 직장인들이 그렇듯 일은 해도해도 도통 줄어들 기미가 없었다. 얼마나 일이 많았냐 하면 매일 야근은 물론이거니와, 사수로부터 결혼 휴가 중 하루만이라도 빼줄 수 없겠냐는 요청까지 받을 정도였다. 탁상달력을 들고 와 일자를 하나씩 세보며 요청하는데 어떻게 딱 잘라 거절하겠는가. 눈물을 머금고 알겠다고 했다(다른 사람들은 절대 그러지 않길! 두고두고 후회로 남는다). 그 정도로 일이 많았다.

결혼식 바로 전날도 예외는 아니었다. 한창 일하던 중 힐끔 시계를 보니 밤 아홉 시가 다 된 시간이었다. 배에선 꼬르륵 소리가 비통한 교향곡처럼 울렸다. 그때 엄마가 보낸 메시지가 도착했다.

'아직 저녁 안 먹었지? ○○온천으로 와라. 밥 사줄게. 예비 사위도 같이 와.'

몇 달 전부터 결혼식 전에 세신을 해야 한다고 입버릇처럼 말했던 엄마다. 회사에서 몇 블록 떨어지지 않은 곳에 있던 온천은 어렸을 때부터 엄마 따라 자주 갔었던 추억의 장소다. 찜질방 속 푸근한 온기, 삶은 달걀과 식혜를 떠올리자 새삼 사무실 공기가 차갑게 느껴져 몸이 부르르 떨려왔다.

사우나는 24시간이었지만 식당 마감이 밤 10시였으므로 부랴부랴 찾아갔다. 찜질복으로 갈아입고 사우나 안 식당으로 갔더니 남편은 이미 환복하고 엄마 옆에 얌전히 앉아 미역국을 떠먹고 있었다. 미역국은 왜 찜질방에서 먹는 게 제일 맛있을까? 미역국에 골뱅이무침까지 푸짐하게 먹고 배를 두드리자 다음 날 있을 결혼식이 떠올랐다. 남편에게 조금 이따 다시 만날 땐 새 사람이 되자고 약속한 뒤 각자 남탕과 여탕으로 흩어졌다.

"내일은 정말 중요한 날이니까 세신사 님한테 밀어달라고 해."

엄마가 새 때타월을 건네며 의미심장하게 말했다. 내 등을 밀 때마다 지우개 가루가 나온다며 힘들어하던 과거 엄마의 모습이 겹쳐보였다. 내일은 당신에게도 중요한 날이니 오늘만큼은 딸의 등을 밀지 않겠다는 눈빛이었다. 흔쾌히 알겠다고 하고 세신사 님에게 몸을 맡겼다. 프로의 시원

시원한 손길에 하루의 피로는 물론, 켜켜이 묵은 때도 싹 가시는 듯했다. 지금쯤 남편도 때를 벗기며 아야, 아야! 외치고 있을 모습을 상상하니 슬쩍 웃음이 났다.

"무슨 좋은 일 있어요?"

내 키득거림을 봤는지 세신사 님이 곰살맞게 웃으며 말을 걸었다.

"아, 아니요. 별건 아니고요."

"뭔데요. 무슨 좋은 일이라도 있나봐요."

"사실 제가 내일 결혼을 하거든요."

"어머, 내일 결혼을 한다고? 그럼 세신만 할 게 아니라 골드마사지 패키지를 했어야지. 얼른 지금이라도 추가해요."

"네… 예??"

"일단 오이 팩부터 얼굴에 얹읍시다."

내가 순진했던 걸까. 결혼이라는 단어를 뱉자마자 뭐라 할 틈도 없이 얼굴 위로 차갑게 갈린 오이 뭉텅이들이 철벅철벅 올려졌다. 벽에 걸린 메뉴판을 보니 가장 상단에 기재된 골드마사지 패키지는 20만 원이었다. 세신사 님은 또 다른 반죽을 개려는 듯 분주해 보였다.

"스… 스톱!! 스토오옵!!!"

24K 황금 반죽이 완성되기 전에 다급히 외쳤다.

"저 마사지 안 해도 돼요. 세신만 받을게요."

"그래요? 그래도 내일이 결혼인데….'

"저 정말 때만 밀어도 괜찮아요."

"알겠어요."

세신사 님은 살짝 실망한 듯했지만 이내 "오이는 그럼 써비스!"라고 명랑하게 말해 함께 웃음을 터뜨렸다. 밖으로 나오니 살결에 닿는 밤공기가 유난히 청량하고 달게 느껴졌다. 남편에게 세신사와의 이야기를 들려주며 또 한바탕 웃었다.

사람 냄새 진하게 나는 시트콤 속 한 장면 같아 글을 쓰는 지금도 웃음이 난다. 야근 후 먹은 미역국, 그토록 급했던 목욕재계… 결혼식 전날에 우리처럼 때 빼고 광 내는 올드스쿨 커플이 또 있을지는 모르겠지만, 개인적으로 결혼식을 준비할 땐 스드메뿐만 아니라 '사세미'도 꼭 권한다. 사우나, 세신, 미역국 말이다.

발바닥 맞을 때 부를 노래 *

남편

처가의 일가친척과 친구들이 모인 자리에서 새신랑을 괴롭히며 발바닥을 때리거나 하는 풍습을 동상례라고 한다. 최근에는 잘 찾아볼 수 없는 전통 혼례의식 중 하나로, 다른 말로 신랑 다루기, 장가턱이라고도 불린다. 나와 아내 둘 다 실제로 본 적은 없고, 어릴 적 드라마나 영화를 통해서만 어슴푸레 접했었다. 발바닥을 맞고 죽는 소리를 내는 신랑을 구해주는 방법은 단 하나, 새신부가 사람들 앞에서 노래를 불러야 한다. 부끄러움을 극복하고 노래를 불러야만 비로소 발바닥 때리기가 멈춘다.

아내는 이상하리만치 내가 거꾸로 매달려 발바닥을 맞는 때를 고대하는 듯했다. 발바닥 맞을 때 자신이 어떤 노래를 부르면 좋을지를 결혼 전부터는 물론, 심지어 결혼하고 몇 년이 지난 후에도 고민했다. 본인 말로는 남 앞에 나서기를 몹시 꺼리는 성격이라고 하지만, 억지로라도 노래를 부를 수밖에 없는 그 상황을 은근히 기대하는 눈치였다.

우리 유튜브 영상 중에 동상례 때 어떤 노래를 부를지에 대해 이야기하는 영상이 있다. 그 영상 속에서는 영화 〈물랑루즈〉 사운드 트랙인 〈레이디 마멀레이드Lady Marmalade〉를 불렀지만, 아내가 선정한 '발바닥 맞을 때 부를 노래' 후보는 사실 몇 곡 더 있었다. 결혼식을 앞뒀을 때엔 이런 선곡은 클래식한 게 좋다며 은방울 자매의 〈마포종점〉을 몇 달간 연습했더랬다.

이후 몇 년이 지나도록 내 발바닥을 치는 일이 없었으니 포기할 법도 한데, 아내는 끝까지 희망의 끈을 놓지 않았다. 이후로는 요즘 사람 입맛에 맞게 준비하겠다며 아이돌 그룹의 노래를 연습했다. BTS, 블랙핑크, 뉴진스 등 K팝 역사의 주옥같은 명곡들이 발바닥 맞을 때 부를 노래로 선정되었다.

유튜브에 포스팅하자 많은 분들이 보고 재미있다는 반응이 쏟아졌다. "이거 봐, 다들 좋아해주네" 하면서 댓글을 보

여주면 아내는 관심 없는 척했지만 나는 알고 있다. 아내가 가끔 혼자 댓글을 보며 낄낄대고 있다는 사실을 말이다.

누구보다도 거하게 동상례를 치른 듯하다. 그 영상 업로드를 기점으로 아내가 더 이상 내가 발바닥 맞을 때 어떤 노래를 부를지에 대해서 고민하지 않기 때문이다. 아내의 작은 바람이 넘치도록 이뤄진 것 같아 기분이 좋다. 이 자리를 빌려 우리의 동상례를 함께 해주신 분들께 진심으로 감사의 말씀을 드린다.

드라마 속 아침처럼°

아내

    드라마나 영화 도입부를 보면 가족이 식탁에 둘러앉아 두런두런 이야기를 나누는 장면이 심심찮게 나온다. 나는 이런 장면을 무척 좋아한다. 여느 때와 같은 일상을 표현하는 클리셰 같은 장치이긴 하지만, 볼 때마다 마음 한편에 푸근하고 몽글몽글한 만족감을 준달까.

    우리 부부가 정말 재밌게 본 미국 드라마 〈브레이킹 배드 Breaking Bad〉에서도 아침 식사 장면이 유독 자주 나온다. 드라마 속 평범한 가족의 아침은 이러하다. 아이는 식탁에 앉아 시리얼을 먹는 둥 마는 둥, 다정한 아빠는 익숙한 솜씨로

51

51

팬케이크를 만들고, 엄마는 따뜻한 블랙커피로 가득 채워졌을 머그컵을 들고 아이의 머리에 뽀뽀를 해준다. 햇살이 부엌을 가득 채우고 김이 나는 커피와 음식을 앞에 두고 대화를 나누는 가족들. 그 대화가 기쁜 소식이건 심각한 이야기건 아침이라는 설정이 모든 걸 조금 더 밝게 만들어주는 듯하다. 곧이어 드라마 속 부부는 이렇게 말한다.

"밖에 스쿨버스가 왔으니 나가 보렴. 여긴 내가 치울게."

"나도 곧 출근 준비를 해야겠네."

드라마지만 우리 부부는 큰 충격을 받았다.

"잠깐, 지금 저게 출근하는 평일 아침 상황이었다고?"

"말이 돼? 아침에 저럴 시간이 어딨어!"

식사는커녕 침대에서 일어나기도 힘든 우리네 현실과 비교하니 저 장면에서 받아들이기 힘든 괴리감이 느껴졌다.

'학부모가 되어야 저렇게 할 수 있는 걸까?'

아직 아이가 없는 우리 부부는 아침에 서로의 알람이 두 번씩, 총 네 번의 알람이 울리고 나서야 낑낑거리며 깨곤 한다. 알람이 각자 두 번씩 설정된 이유가 있다. 하나는 미라클을 바라며 맞춘 이상적인 시각으로, 다른 하나는 지각을 면하려면 꼭 일어나야 하는 마지노선으로 설정되어 있기 때문이다. 일어나 씻고 출근하기도 바쁜 나의 아침과 비교해 보니 드라마 속 아침은 말 그대로 드라마 같았다. 아침 햇살과 커피를 즐기며 여유로이 시작하는 아침. 그렇게 시작한 하루는 얼마나 산뜻하고 개운할까!

"오빠, 우리도 내일 아침에 저렇게 해보자."

"설마 저렇게 여유를 부리자고?"

"응, 좀 일찍 일어나서 출근 전에 티타임을 갖는 거야!"

우리의 '모닝 티타임'은 그렇게 드라마에서 영감을 받아 시작되었다. 따뜻한 차 한잔의 여유와 함께 하루를 시작해 보자는 취지였다.

첫 시도는 영 어색했다. 찻주전자를 앞에 놓고 마주 앉긴 했는데 초봄이라 밖은 아직 컴컴하고, 공기는 써늘했다. 차가 우려질 동안 멍 때리고 있다가 문득 남편을 보니 여기가 어디인지, 지금이 언제인지도 모르겠다는 넋이 나간 표정을 하고 있었다. 대화가 술술 나오기는커녕 다시 이불 속으로 들어가고 싶다는 생각밖에 안 들었다. 역시 드라마와 현실은 딴판인 건가.

우려진 차가 쪼로록 기분 좋은 소리를 내며 잔으로 옮겨졌다. 한 모금 마시고 둘 다 동시에 기분 좋은 '하' 소리를 냈다. 점차 잠기운을 떨치고, 머리가 맑아지더니 멀리 여행 온 듯한 느낌마저 들었다. 차를 홀짝이며 고요함 속에 멍 때리는 것만도 좋았고 이따금씩 나누는 대화도 좋았다. 느긋한 마음으로 출근 준비를 하고 집을 나섰다. 다들 이 맛에 일찍 일어나는구나!

우리는 그날부터 출근 전에 종종 모닝 티타임을 즐겼다. 날이 좋은 아침이면 우려낸 차를 보온병에 담아 집 앞 공원으로 갔다. 이른 아침에도 운동하는 사람들로 꽤 붐볐는데, 운 좋은 날엔 모두가 노리는 그네 의자에 앉아 차를 즐길 수 있었다.

따뜻한 차 한 모금이면 차갑던 아침 공기도 상쾌해진다. 상쾌한 공기를 한 모금 들이마시면 온 몸에 기분 좋은 충만함이 퍼진다. 일상에서 놓치고 있던 많은 것들이 내 안에 들어온다. 맑은 아침의 푸른 빛 하늘, 너무 귀여워서 입안에 통째로 넣어 홀롤로 해버리고 싶은 작은 박새들, 말간 햇빛을 받아 반짝이며 흐르는 냇물.

서로에게 미처 전하지 못했던 양가 가족 이야기, 회사에서 있었던 일도 이때 업데이트를 한다. 시답잖은 이야기도 있지만 가끔 이 시간이 없었다면 어쩔 뻔했나 싶을 정도로 중요한 이야기가 오갈 때도 많다. 이 때 우리가 나눈 대화가 〈인생 녹음 중〉이라는 채널을 개설하게 만든 촉매제가 되기도 했다. 차에서 부르는 노래 외에 그네에 앉아 나눈 대화 또

한 남편이 착실히 녹음을 했기 때문이다.

이렇게 우리만의 작은 전통을 이어오길 어언 5년. 우리의 모닝 티타임은 이제 없으면 아쉬운, 일상 중에 꼭 필요한 시간이 되었다. 평온함이 꽉 찬 마음으로 하루를 시작하게 해주는 소중한 시간이다.

드라마 속 아침, 현실은?

우리의 티타임은 대부분 아주 갑작스럽게 끝이 난다. 이뇨작용을 돕는 차를 줄창 마신 덕분에 화장실로 직행해야 하기 때문이다. 야외에서 우아하게 시작한 티타임은 그다지 우아하지만은 않은 방식으로, 둘 중 하나가 화장실 안에서 큰 소리로 "세이프!!"를 외치며 마무리된다.

건강한 마음은 집밥에서부터*

"아무리 회사일이 바빠도 남편 밥은 꼭 네가 차려줘라."

결혼 전 엄마가 당부하던 말이다.

"엄마, 지금 때가 어느 땐데… 밥은 배고픈 사람이 직접 해 먹는 거지."

엄마는 외출했다가도 아빠의 식사를 차려줄 시간이라며 후다닥 집으로 뛰어 들어가는 분이었다. 엄마의 결혼생활 조언에 대답은 무뚝뚝하게 했지만 신경은 쓰였나보다. 그렇게까지는 못하더라도 적어도 집에 있을 땐 집밥을 차려야 한다는 묘한 의무감을 갖게 되었기 때문이다.

둘 다 직장 생활을 하는 터라 대부분의 끼니를 외식으로 때울 수밖에 없는데, 밖에서 먹는 밥은 확실히 집밥보다 든든함이 덜하다. 채 몇 시간도 지나지 않아 금방 헛헛하고, 뭘 먹었는지 기억이 잘 나지 않는 경우도 허다하다. 먹는 사람을 생각하며 만든 정성과 사랑을 함께 섭취해야 더 기운이 난다는 사실을, 나도 받아먹은 만큼 잘 알고 있다.

안타깝게도 난 요리를 그리 잘하지 못한다. 대신 '방금 막 해서 맛있는 요리'를 표방하여 그때그때 만들어 먹는다. 매번 무언가를 만드는 게 여간 귀찮은 일이 아니어서 간단하고 쉬운 일품요리(한 그릇 음식)를 주로 만든다.

사실 밥을 해먹는다는 게 신경 써야 하는 게 한두 가지가 아니다. 조리하는 시간뿐만 아니라 그에 앞서 요리를 기획하고, 장을 보고, 재료를 손질하고, 어질러진 주방을 치우기까지 상당한 시간과 에너지가 소모된다. '이게 다 먹고 살자고 하는 짓'이란 말이 괜히 있는 게 아니었다. 우리는 먹기 위해 사는 게 아닌데, 먹는 데만도 고민하고 결정해야 할 일이 산더미다. 무언가를 만들어 먹기 위해 주방에 설 때마다 '이제껏 나는 다른 사람의 희생으로 참 쉽게 먹고 살아왔구나'를 절실히 느끼곤 한다.

애써 만든 결과물이 그다지 보기 좋지 않으면 더욱 기운이

빠지는 건 어쩔 수 없다. 그럴 때마다 눈치 빠른 남편이 힘이 된다. 남편은 식탁 위에 음식이 차려지는 낌새만 보여도 일단 '우와'라고 크게 감탄부터 한다. 그저 달걀프라이 반찬인데도 말이다. 그 우와 소리를 들으면 순간 내가 퍽 대단한 요리사나 된 듯한 기분이 든다.

"우와! 맛있겠다! 잠깐, 이건 사진으로도 남겨야겠어."

굳이 찰칵찰칵 요란스럽게 찍는다. 진심 반, 먹고 살기 위한 처절한 몸부림 반인 듯한데 일단 기분은 좋다. 다음엔 더 맛있게 만들어서 단단히 '밥줄'을 내주겠노라 흐뭇한 다짐을 한다. 남편의 더 진심어린 우와 소리를 듣기 위해 나는 오늘도 즐거운 마음으로 밥을 짓고, 행복을 차릴 기운을 낸다.

작은 신혼집*

아내

우리 부부는 결혼할 때 구한 작은 신혼집에 여전히 살고 있다. 이제 8년 좀 넘었다. 하루라도 빨리 자가를 마련하고 여기저기 이사를 다녀야 부자가 될 수 있다던데, 어쩌다보니 꽤 오랫동안 한 동네에 머물렀다.

우리 집은 방 하나, 화장실 하나로 단출하다. 언젠가 친구들 앞에서 맥시멀리스트 인생을 정리하고 미니멀리스트가 되겠노라 공표했더니, 너희 집에서 살려면 미니멀리스트가 안 될 수가 없다면서 괜스레 웃음거리만 샀다. 주변에서 이제는 옮길 때가 되지 않았냐는 말을 듣기도 하고, 나 또한 괜찮은 곳을 찾는다면 옮길 의향도 물론 있긴 하다. 하지만 생각만큼 몸이 빠릿빠릿하지 못한 건 내 게으름 탓도 있지만, 대부분의 사람들이 그렇듯 나 또한 자리 잡고 사는 이곳이 제일 좋다고 느끼기 때문인 이유가 크다.

신혼집 찾기에 여념이 없었던 시절, 집 바로 앞에 자리한 산책길, 길을 따라 흐르는 천이 마음에 들어 집 안은 보는 둥 마는 둥 하고 곧바로 계약해버렸다.

신혼여행에서 돌아온 날이 신혼집에 정식으로 첫 발을 들인 날이었다. 공항에서 짐을 끌고 두근거리는 마음으로 낯선 주소지를 찾았다. 일주일 남짓의 짧은 여행을 끝내고, 아주 긴 새로운 여행을 시작하는 양 마음이 들떴다. 집에는 침대와 냉장고만 있었는데, 그마저도 신혼여행을 가 있는 동안 양가 어머니들이 번갈아가며 받아준 것이었다. 텅 빈 이 공간에서 오늘부터 당장 살아야 한다는 사실이 신기해 마냥 웃음만 나왔다.

우리는 틈만 나면 집을 나선다. 늘 같으면서도 항상 무언가 달라져 있는 자연이 우릴 맞이한다. '여기 꽃을 참 잘 심었네' '저 나무는 상태가 좀 안 좋아 보이네' 등의 연륜 있는 멘트도 날린다. 긴 산책을 하고 돌아오면 작은 집도 아늑하고 편안하게만 느껴진다.

설령 싸운다 해도 달리 피할 장소가 없으니 바로 화해를 할 수밖에 없는 것도 작은 집의 장점이다. 별거 아닌 일에 서로 의견이 충돌할 때가 있지만, 이 집에선 냉랭한 분위기를 유지하기가 오히려 힘들다. 냉랭함은 비단 심리적 거리감뿐만 아니라 실제 어느 정도의 물리적 거리와 넓은 면적이 확보되어야 가능하단 사실을 이 집에 살면서 깨달았다. 부대끼며 사는 사람들로선 쌀쌀맞게 구는 것도 사치고 감정 낭비다. 그걸 깨달은 신혼 초, 서로 1분 1초도 절대 꽁해 있지 않기로 약속했다. 그 자리에서 풀고 화해하는 게 피차 편하기 때문이다.

글을 쓰면서 생각해보니 집이 작은 덕분에 얻는 또 하나의 장점이 있다. 집 안 어디에서든 녹음이 가능하다는 점이다. 소파에서 말하든 부엌에서 말하든 다 들리니 말이다.

저 좁은 부엌에서 얼마나 많은 음식과 웃음을 함께 만들었는지 모른다. 식사하는 곳이자 사무실이자 휴게실인 거실에서는 러그 하나만 깔아도, 혹은 작은 조명만 생겨도 집 전체가 달라진 것 같다며 두 사람 모두 좋아라 박수를 쳤다. 한 공간에 머무는 시간이 길어지다 보니 생활 리듬이 비슷해지고, 그러다 보니 사람도 비슷해졌다. 비슷한 사람들끼리는 대화도 웃음도 많아지는 법이다.

원래도 그랬지만 지금도 단출한 삶이 부끄럽지 않다. 조촐하고 단순해서 오히려 편하다. 완벽하게 완성된 그림도 좋지만, 빈 캔버스에 하나씩 천천히 그려나가는 재미도 쏠쏠하다. 별거 없어도, 아니 별거 없어서 우린 즐겁다.

대화 잘하는 남편의
부드러운 상황별 대처법

< 어려운 거절을 해야 할 때 >

< 잘못했을 때 빨리 넘어가는 법 >

< 이젠 안 통해! >

2장

저희 부부도

싸우다마다요

떡볶이가 좋아°

남편

나의 최애 음식은 떡볶이다. 아내는 이토록 떡볶이를 좋아하는 사람은 여고 시절 이후로 처음 본다며 놀리지만, 내 심장은 떡볶이 세 글자만으로 빠르게 뛰도록 설계되어 있다.

개인적인 취향으로 밀떡볶이를 선호한다. 떡볶이를 그리 좋아하지 않는 아내도 강경한 밀떡파다. 떡볶이를 좋아하는 사람에게 밀떡과 쌀떡의 궁합은 매우 중요한 포인트다. 야채사리가 잔뜩 들어간, 분식계에서는 사치스러운(?) 축에 속하는 즉석 떡볶이도 좋아한다. 하지만 구관이 명관이라고, 학교 앞에서 파는, 오래 끓여 눅진해진 밀떡볶이를 이길 수는 없다.

배달시킨 떡볶이가 도착하자마자 재빠르게 식탁 위 세팅을 마친 우리 부부. 윤기가 좔좔 흐르는 떡볶이를 보고 나도 모르게 물개 박수를 쳤다.

"너무너무 맛있겠다!"

이런 내 호들갑이 마치 오랜만에 만난 여고 동창생처럼 느껴졌는지 웃음을 터뜨린 아내는 이내 상황극을 시작하였다.

"얘! 우리 졸업 이후로 참 오랜만에 보네. 어떻게 지냈니? 결혼은 했구?"

즉석 상황극에 나도 절대 지지 않는다.

"얘, 결혼은 무슨. 남자가 있어야 하지. 너는 좀 어때? 남편이 그렇게 잘해준다며?"

여기서 남편이란 곧 나를 뜻했고, 이를 놓칠 리 없는 아내가 본격적으로 장난을 이어간다.

"그거 다 헛소문이야, 얘. 남편 때문에 내가 아주 사는 게 사는 게 아니다."

"그래? 돈도 잘 벌고 잘생겼다던데?"

"허허… 누가 그런 말을 해? 너 지금 다른 사람이랑 착각하는 거 같은데?"

서로 한 치의 물러섬 없이 그 남편을 씹으며 떡볶이를 비

워 나갔다.

　가끔 이런 상황극을 이용해서 상대에게 조금 섭섭했던 점이나 하고 싶었던 말을 은근슬쩍 버무려 말하기도 한다. 같이 살면서 아직도 조금 어려울 때가 서로에게 싫은 소리를 해야 할 때다. 조심스럽게 "내가 이 말 한다고 절대 기분 나빠하지 마" 하자니, 말도 꺼내기 전부터 아내 표정이 안 좋다. 그렇다고 "앞으론 이렇게 좀 해!"라고 말하기엔 후환이 두렵다.

　아내는 나와 살면서 이 기술을 터득했는지, 싫은 소리를 할 때는 적절한 양의 웃음과 가벼움을 담으려고 한다. 이를테면 우리 유튜브 채널에 '(불편한 얘기는) 노래로 말해요' 제목의 영상 속 상황처럼 말이다. 함께 외출할 때마다 불 끄고, 창문을 닫는 등의 정리는 하지 않고 몸만 날름 나가 있는 날 보고 아내는 자우림의 〈뱀〉을 열창했다. 뱀처럼 스르르륵 몸만 빠져나간다는, 나도 아는 노래 가사로 돌려 말하니 웃지 않을 수 없었다.

　아무리 상황극이더라도 뼈 있는 말이 오가다 보면 이게 떡볶이가 매워서 땀이 나는 건지, 난감해서 진땀이 나는 건지 구분이 안 될 때도 있다. 하지만 대체로 먹는 내내 우리 두 사람 얼굴에 장난기 가득한 미소가 떠나질 않는다. 아마도 떡볶이와 어울리는 시시껄렁하고 쫀득한 농담이 만족스럽기 때문이다. 맛있는 음식이 곁들여진 자리에서는 어떤 심각한 대화도 대부분 큰 웃음으로 끝나기 마련이다.

저희 부부도 싸우다마다요°

종종 댓글에서 우리 부부도 싸우냐는 질문을 받는다. 세상에 안 싸우는 부부가 있을까. 싸우지 않는다면 그게 오히려 더 큰 문제일 수도 있다.

남편과 싸운 경험은 셀 수 없이 많다. 그중에서도 제법 심각했던 경험을 얘기해보려 한다. 물론 이것은 철저히 나의 시점으로 풀어놓는 이야기이므로 남편에게 절대적으로 불리한 상황으로만 구성되어 있다는 점을 미리 밝혀둔다.

첫 번째 사건은 남편이 몰래 은행에서 돈을 빌렸다는 사실을 알게 됐을 때였다. 신혼여행으로 간 이탈리아에서 밤

기차를 타고 다른 지역으로 이동하는 중이었다. 남편 휴대폰으로 함께 영화를 보던 중에 알림을 잘못 눌렀는데 '은행 대출 현황'이 화면에 대문짝만 하게 뜬 것이다.

"이게 뭐야?"

귓속말로 소곤소곤 싸워본 적이 있는가? 늦은 밤 조용한 기차 안에서 나는 남편의 귀에 수많은 질문을 속삭였더랬다. 건너편에 앉아 있던 졸린 눈을 한 유럽인에게는 열정적으로 사랑을 속삭이는 동양인 커플처럼 보였을 수도 있겠다.

집요한 추궁 끝에 남편은 사업 때문에 어쩔 수 없이 대출을 받았다고 답했다. 다시는 그러지 말라는 말을 수천 번쯤 속삭인 뒤 한국에 돌아와 저축해둔 비상금으로 빚을 갚았다.

안타깝게도 일은 또 발생했다. 이번엔 은행이 아니라 친한 형이었다. 아는 사람에게 급전을 빌린 뒤 곧바로 갚을 생각이었는데 뜻대로 일이 풀리지 않았다. 빚 독촉으로 괴로워하다 어쩔 수 없이 실토한 것이다. 비슷한 일이 두 번째로 발생했을 땐 분노의 화염이 올라와 눈에 뵈는 게 없을 정도였다. 화가 사그라질 때쯤, 앞으로도 남편은 바뀌지 않을 거라는 불신이 밀려왔다.

서로에 대한 이해가 부족했던 그때보다 서로에 대해 더 잘 아는 지금은 확실히 싸울 일이 덜하다. 하지만 반대로 서로에 대해 잘 알고 있어서 그런지, 가끔 저지르는 작은 잘못으로도 깊은 서운함을 느끼기도 한다. 비 온 뒤에 땅이 굳는다지만, 굳은 땅은 말랑한 땅보다 갈라지기 쉬워서일까. 상대방이 예상 밖의 잘못을 저질렀을 때 더한 실망과 배신감이 치솟는다.

"미안해, 잘못했어. 다신 안 그럴게."

남편이 뭔가를 잘못하면 늘 하는 말이다. 이럴 때 예전의 나는 "뭘 잘못했는데?"라고 즉시 쏘아붙이곤 했다. AI처럼 내뱉는 남편의 사과가 그저 위기를 모면하기 위한 레퍼토리로 들려서 얄미웠다. 진심 없이 내뱉는 말처럼 들렸고, 같은 실수를 되풀이할지도 모른다는 생각이 나를 더 화나게 했다. 그 순간만큼은 그를 다시 믿는다는 건 불가능한 일처럼 느껴졌다.

함께 보낸 시간이 늘어날수록 좋은 일도 많지만 서운한 일도 생기고 묘하게 신경을 긁는 모습도 보게 된다. 대부분은 그 서운함을 인지하지 못하는 형태로 무의식에 잠겨 있거나, 인지하더라도 굳이 입 밖으로 내지는 않는다. 그러다 콩알만큼이라도 그와 관련 있는 사건이 발생하면 과거 서운했던 일들까지 다 함께 팝콘처럼 튀겨져 "예전에도 이랬잖아!"와 같은 치졸한 언어로 튀어나가고 만다.

다행히 지금의 나는 조금 달라졌다. 그의 '미잘다(미안해. 잘못했어. 다신 안 그럴게)' 사과를 듣고 위기를 모면하려는 목적이라고 함부로 지레짐작하지 않는다. 대신, 같은 잘못을 되풀이하지 않았는데도 그럴 거란 두려움에 휩싸여 '뭘 잘못했는데!'라고 쏘아붙이고 싶은 나를 되돌아본다. 미안하다는 말을 곧이곧대로 듣지 못하고 곡해하는 건 나의 부족함이다. 유독 크고 도드라져 보이는 상대방의 단점은, 어쩌면 가장 외면하고 싶은 나의 모습일 수도 있으니까 말이다.

남편이 부끄러워할 과거의 일을 이렇게 글로 옮김으로써 이제 와서 또 심판하려는 생각은 추호도 없다. 오히려 반대다.

내가 얼마나 융통성 없이 굴었으면 저 수다스러운 사람이 한마디 말도 못하고, 홀로 이리저리 사업자금을 구한다고 고군분투했을까 싶은 생각에 안타까운 마음이 앞선다.

남편의 눈에도 분명 나의 부족한 면이 보일 텐데, 그는 늘 나의 허물을 덮어준다. 어떨 땐 나의 장점만 보는 게 아닐까 하는 착각이 들 정도다. 거기까지 생각이 미치면 결국 그의 AI식 사과 앞에서 "나도 미안해"라고 답하게 된다(솔직히 덧붙이자면 이 답변에 이르기까지 24시간의 생각할 시간이 필요할 때도 있다).

상황을 선과 악으로 나누어 보려는 시도도 판단에 도움이 된다. 비단 폭력뿐 아니라 자꾸 편 가르고 분열하려는 모든

건 악에 속한다. 그렇다면 다시 연결하고 화합하려는 모든 행위는 선한 쪽이다. 우리는 선과 악 사이 중간 어디쯤 불확실한 곳에서 선해지고자 애를 쓰는 부족한 사람들이다. 그래서 우리는 서로 모난 곳을 부드럽게 다듬어 잘 덮어주어야 한다. 이참에 늘 먼저 사과하는 그의 용기를 나도 배워야겠다.

"어쨌든 내가 잘못했어."

"나도 잘못했어, 미안해."

아내 앞에 무릎 꿇다°

남편

초창기부터 우리 채널을 관심 있게 보았던 분이라면 초기 채널명은 〈인생 녹음 중〉이 아니었음을 기억할 수도 있다. 초기 채널 이름은… 〈아내덕후〉였다. 아내가 차 안에서 노래하는 영상을 꽤 오래전부터 수집해 왔었기에 그중 재미있는 부분을 올리려고 만든 채널이었다.

아내덕후 채널에 올렸던 서너 개가 채 안 되는 영상 중 하나가 〈인어공주〉에 나오는 문어 마녀의 노래를 부르는 영상(제목은 '인어공주 노래 불러달라매' 편)이었다. 올려봤자 어차피 보는 사람도 많지 않을 텐데, 뭐 그냥 올려도 되겠다는 생각에 아내에게 말도 하지 않고 업로드했다. 그런데 그게 화근이 될 줄이야.

"끄악! 미쳤어?!"

어느 평온한 평일 오후, 아내로부터 걸려온 불벼락 같은 전화를 받고 식곤증이 다 달아났다. 휴대폰을 찢고 나올 듯한 소리에 주변 눈치를 보며 음량 조절 버튼을 황급히 눌렀다.

"왜 그래? 무슨 일이야?"

"나한테 말도 안 하고 영상을 올린 거야?!"

"아, 아니, 그게….."

그 영상을 어떻게 봤지? 시뻘게진 아내의 얼굴이 보이는 듯했다. 그녀의 입에서 뿜어지는 뜨거운 불길마저 느껴졌다. 내 얼굴도 민망함에 벌게졌다. 재빨리 유튜브에 들어가 보니 이게 웬걸, 문어 마녀 노래의 영상 조회 수가 무려 25만 회를 넘었고, 몇백 개가 넘는 댓글이 달려 있는 게 아닌가!

"헉! 미안해… 미리 얘기 안 해서 정말 미안해. 말하려고 했는데….."

"됐고, 지금 당장 지워! 다 지워어어어!"

아내의 불호령과 함께 전화가 끊겼다. 너무 놀란 나머지 조건 반사처럼 영상 삭제 버튼을 하나하나 누르고 있었다.

영화 〈해리포터〉 속 하울러(소리 지르는 편지)를 받은 론이 된 기분이었다. 심장이 터질 듯 벌렁거렸다. 어쩌지, 나 일냈다.

퇴근길에 이리저리 머리를 굴려보았다. 아무래도 집에 들어서자마자 무릎을 꿇어야겠다고 생각했다. 그게 내가 살 수 있는 유일한 방법 같았다. 집으로 바로 가기는 무섭고, 분위기상 밥을 안 줄 수도 있으니 아는 형 사무실에 들러 간단한 저녁 식사를 하고 평소보다 조금 늦게 들어갔다.

현관문을 열고 들어가니 부엌에서 설거지를 하는 아내가 보였다. 나는 번개 같은 속도로 달려 아내 바로 옆자리까지 무릎으로 슬라이딩을 했다. 그대로 고개를 푹 숙이고 석고대죄하는 심정으로 나직이 읊조렸다.

"정말 미안해. 내가 정말 잘못했어. 다신 안 그럴게."

말없이 설거지하는 아내를 흘끔 올려보니 낮에 통화할 때보다는 화가 많이 누그러진 듯했다. 다행이다. 아무래도 무릎 작전이 통한 듯했다.

"됐어, 일어나봐. 내가 오늘 얼마나 어이없었는지 알아?"

"응. 너무 황당했을 것 같아."

"회사 동료가 무슨 말을 하다 말고 '참, 유튜브 잘 보고 있어요'라는 거야."

그 말에 아내는 "저는 유튜브 안 해요. 아마 다른 사람과

83

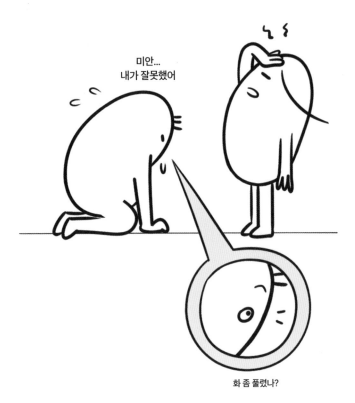

혼동하셨나봐요"라며 웃어넘겼는데, 상대방은 "아, 그럼 남편분이 하는 거구나"라고 받아친 것이다.

"채널 이름이 아내덕후라고 알려주더라고. 내 남편이 운영하는 채널 이름을 남이 가르쳐주다니! 그 사람이 링크까지 보내주는데 기가 막혀서 웃음밖에 안 나오더라."

한껏 부끄러워진 나는 그저 합죽이가 될 뿐이었다. 내가 지은 죄는 두 가지다. 배우자의 초상권을 침해한 죄, 그리고 아내를 덕후처럼 사랑한 죄… 다행히 아내는 모든 죄목을 너그러이 용서해주었다. 단, 다시는 아내의 허락 없이 영상을 올리지 않는다는 전제하에 말이다.

그로부터 얼마 후, 지금 생각해보면 참 뻔뻔스럽게도 나는 아내에게 다시 조심스레 물었다.

"문어 마녀 영상 말야, 혹시 다시 올려도 될까?"

"…장난쳐?"

"아니, 물어볼 순 있잖아."

아내는 절대로 얼굴을 공개하고 싶지 않다며 단호히 말했다. 노래 실력이 뛰어난 것도 아니고, 주변 지인들 보기에 너무 창피하다는 것이다. 남편 앞이니까 무장해제되어 편한 맘으로 부른 건데, 지난번에 벌어진 상황에 배신감마저 든다고 토로했다.

하지만 잘못을 저지른 남편에게 다음과 같이 말해주는 사람도 아내였다.

"근데 오빠. 생각해보니 실제 대화를 녹음한 걸로 영상 만들어보고 싶다고 했잖아. 그림으로 바꿔보는 게 어때?"

이후의 과정은 앞에서 설명했던 그대로다. 그렇게 아내덕후가 〈인생 녹음 중〉 채널로 다시 태어나게 되었다. 만약 아내가 끝끝내 몰랐거나 아무런 여지를 주지 않았다면 나는 비밀스럽게 아내를 향한 덕질만 계속하는 사람으로 남았을지도 모른다. 결과적으로 봐도 그림으로 바꾼 결정이 백번 잘한 일 같다. 이렇게까지 많은 사람들이 찾아주는 채널이 될 줄은 당시로서는 상상도 못했으니 말이다.

혹시 인생 녹음 중이세요?°

남편

천만다행으로 아내의 영상이 인터넷 어딘가에 '박제'되는 일이 발생하진 않았다. 생각만큼 사람들은 남의 일에 큰 관심이 없다. 나와 내 일상에 가장 큰 관심을 기울이고 있는 사람은 사실 나 자신뿐이다. 각자 앞가림하며 살기에도 팍팍한 세상 아닌가. 한 손으론 심장을 쓸어내리면서도 다른 한편으론 다른 사람의 눈을 그리 신경 쓰지 않고 살아도 되겠다는 생각이 들었다.

그러나 많은 관심을 받기 시작한 초반 몇 개월 동안은 남들 눈을 의식하지 않을 수가 없었다. 아내는 유튜브 채널에 대해 주변에 말하지 않았으면 좋겠다고 했다.

"그럼 가족한테도 말하지 마?"

"응, 일단은 가만히 있자."

솔직히 나는 여기저기 얘기하면서 자랑하고 싶었다. 하지만 아내가 정체를 드러내지 않고 싶은 마음이 진심이었기에 나도 그에 맞춰 최대한 조심스럽게 행동했다. 생각해보니 구독자 입장에서도 아예 모르고 즐기는 게 더 재미있을 것 같았다.

물론 목소리만 듣고도 알아보는 경우가 있긴 하다. 가장 먼저 연락을 해온 첫 번째 시청자는 다름 아닌 퇴사한 직장 동료였다. 그는 카카오톡으로 냅다 동영상 링크를 보내며 돌직구 멘트를 날렸다.

"맞으시죠? 재미있게 잘 보고 있어요."

"하하하. 네, 맞아요. 그런데 어떻게 아셨어요?"

"저런 웃음소리는 흔치 않죠."

그 후로도 몇몇 반가운 사람들로부터 웃음소리 잘 들었다는 연락을 받았다. 덕분에 소식이 끊겼던 지인과도 오랜만에 연락이 닿기도 했다. 바로 집 앞으로 달려온 친구도 있었다.

"대체 어떻게 된 거야? 이런 걸 어떻게 시작하게 됐어?"

편의점 앞에 자리를 잡고 앉자마자 한껏 호기심 어린 눈으로 질문하는 친구 앞에서 나는 원하는 대답을 들려줄 수 없었다. 시원하게 목을 긁고 내려가는 라거 맥주처럼 통쾌한 인생 역전 스토리를 기대한 듯했지만, 실제로 나의 이야기는 담담한 스타우트에 가까웠으니 말이다.

딱히 변한 게 없는 모습에 안심한 건지 실망한 건지 알 수 없는 친구의 눈빛을 보며 그날의 편의점 회동은 마무리되었다. 그 이후로도 내게 연락해온 사람만 바뀌었을 뿐 비슷한 이유로 만나게 된 자리가 몇 차례 더 있었다.

나들이 겸 아내와 함께 뮤지컬 〈시카고〉를 보러 간 날이었다. 우리 영상을 보고 감사하게도 뮤지컬 제작사에서 티켓을 보내준 것이다. 층을 가득 메운 관중들 틈을 비집고 앉아 설레는 마음으로 공연이 시작되기를 기다렸다.

옆에 앉은 아내가 대뜸 내 옆구리를 쿡쿡 찔렀다. 왜? 하며 아내를 쳐다보자 말없이 턱을 쭉 내밀어 앞을 가리켰다. 우리 바로 앞에 앉은 커플이 휴대폰으로 〈인생 녹음 중〉 영상을 켜두고 열띤 토론을 주고받고 있는 게 아닌가. 감격스러운 순간이었다. '안녕하세요, 그거 저희예욧!'이라고 손을 흔들며 소리치고 싶은 호들갑을 가까스로 억눌렀다. 그저 둘이 마주보고 "흡" 하며 고요한 함성만 내지를 뿐이었다.

지금껏 모르는 사람 중에 우리를 알아본 경우는 없다. 댓글이나 인스타그램 메시지로 가끔 '지금 카페에 계시죠?' '오늘 아무개 씨 콘서트장에 가셨죠?' '지금 통영 케이블카 안이시죠?' 등과 같은 확신에 찬 질문을 꽤 받지만 단 한 번도 맞은 적은 없다. 오해하는 경우가 생각보다 많아서 우리와 비슷한 목소리를 가진 사람이 이렇게나 많았나, 놀라게 되는 대목이기도 하다.

"혹시 인생 녹음 중이세요?"

언젠가 아주 작은 확률로, 처음 보는 어떤 사람이 나에게 다가와 이와 같이 묻는 상상을 해본다. 낯선 이의 질문에 굉장히 민망하고 수줍겠지만 상상만으로도 즐겁다. 근처 커피집으로 데려가 그의 취향에 맞는 커피 한 잔을 꼭 대접하고 싶다. 그러곤 말할 것이다. 우리에게 용기와 격려를 보내준 당신을 나도 진심으로 꼭 한 번 만나고 싶었다고.

양보하는 선풍기 속 숨겨진 아픔°

남편은 더위를 많이 타고, 반대로 나는 추위를 많이 타는 편이다. 남편은 어찌나 더위를 많이 타는지 한겨울에도 실내는 덥다며 패딩 점퍼 안에 반팔을 입고 다녔다. 끔찍한 한파가 덮친 어느 한겨울에 얇디얇은 경량 패딩만 걸치고 나타난 적도 있다.

이런 남편에게 가장 견디기 힘든 계절은 물론 여름이다. 열린 창 사이로 후덥지근한 바람이 불어올 때면 남편은 마침내 올 것이 왔다는 비장한 표정을 지었다. 더위를 막아보려 선풍기를 집 안 이디든 들고 다녔고 밤낮으로 샤워를 했다.

물 밖을 벗어나면 숨을 못 쉬는 물고기마냥 틈이 날 때마다 몸에 물을 발랐다.

남편이 여름에 유독 과민반응인 걸 보면 신혼 때 에어컨을 사지 않았던 나의 고집 때문 같아 은근히 찔린다. 동시에 그때를 생각하면 웃음이 새어 나오는 것도 어쩔 수가 없다.

은연중에 나는 여름엔 어느 정도 덥고, 겨울에는 어느 정도 춥게 사는 게 미덕이라고 생각했는지도 모른다. 결혼 전 부모님과 함께 살 때에도 여름엔 더운 채로 그냥 지냈다. 더워하면서도 창문을 열어두기만 했지, 에어컨을 켜거나 내 방 전용 선풍기를 들일 생각은 못했다.

나에게 여름은 유독 잠이 오지 않는 계절이다. 설핏 잠이 들었다가도 매일 새벽 한두 시쯤 굉음을 내며 지나가는 자동차 때문에 잠에서 깨는 일이 계속되었다. 밤늦게까지 창가에서 그 차가 지나가기만을 호시탐탐 기다리던 일, 포기하고 돌아선 등 뒤로 굉음이 들려 다시 베란다로 뛰어 나가 "야!" 하며 소리 지르던 일, 계속되는 열대야에 화낼 힘도 없어 시름시름 앓던 일까지 모두 돈을 주고서도 못 바꾸는 애틋한 기억으로 남았다.

그런 나였기에, 결혼 후 선풍기를 장만한 건 큰 업그레이드였다. 침대도 싱글에서 퀸으로, 전용 선풍기도 한 대 갖췄

으니 이코노미에서 비즈니스로 점프한 셈이었다. 에어컨은 과감하게 사지 않았다. 실내는 쾌적하게 하지만 바깥으로는 후끈한 열기를 내뿜는 에어컨이 이기적으로 느껴졌기 때문이다. 비용이 크고 작고의 문제는 아닌 게, 전기세가 적게 든다고 해서 그 이기적인 성질이 변하는 건 아니지 않는가. 고집 센 나와 더위 잘 타는 남편의 위험한 결혼 생활은 그렇게 시작되었다.

남편과 처음 맞이한 여름, 당연한 말이지만 무척 더웠다. 우리가 에어컨 없이 사는 걸 알고 주변에서 각종 아이디어 상품을 보내줬다. 여름 내내 애용한 건 얼음 목도리였다. 낮에 냉동실에 얼려두었다가 목에 두르면 시원함이 밤새 유지되는 다회성 얼음팩이었다. 입고 있는 옷 위에 뿌리면 화한 민트 성분으로 인해 표면이 시원해지는 스프레이도 뿌렸다. 창문을 열고 자기 때문에 바깥 소음을 차단할 귀마개를 하고 불빛 차단용 안대도 했다. 이것저것 뿌리고 두르고 장착하느라 잠잘 채비를 하는 게 외출 준비를 할 때보다 더 정신이 없었다.

그렇게 더위와 맨몸으로 부딪히던 어느 날, 밤바람에서 서늘함이 느껴졌다. 여름을 무사히 났다는 의미로 우리는 하이파이브를 했다. 달력을 보니 과연 그날이 정확히 처서였다.

두 번째로 함께 맞은 여름, 폭염이 한반도를 휩쓸었다. 서울이 39.6도까지 치솟은 기록적인 폭염이었다. 그때에도 우리는 덜덜거리는 선풍기 한 대로 버텼다. 남편의 표정이 날이 갈수록 어두워졌다. 자다 말고 시도 때도 없이 화장실에 가서 물을 끼얹고 오길래, 분무기를 쓰라고 줬더니 퀭한 눈으로 어이없다는 듯 날 쳐다보았다.

웃음을 잃은 남편이 걱정되어 친구에게 고민을 털어놓았다. 에어컨 없이 지낸다고 하자 친구는 대뜸 "꺅!" 하고 비명을 질렀다. 그 정도로 무더운 나날의 연속이었다. 사위가 안쓰러웠던 부모님이 참다못해 나를 끌고 매장에 가서 결국에어컨을 구매하게 되었다. 마침내 에어컨을 설치하던 날, 그해 여름 처음으로 남편의 웃는 모습을 보았다. 파리한 그의 미소를 보자 그제야 몹시 미안하고도 민망한 마음에 고개를 숙였다.

며칠 뒤, 친한 사람들을 집으로 초대했다. 명목은 '에어컨 파티'였다. 에어컨이 없던 시절에는 삼복더위에 누군가를 초대할 수 없었는데, 이젠 손님을 부를 수 있다는 사실이 기뻤다. 집에 온 사람들마다 벽에 걸린 작은 에어컨의 놀라운 성능을 칭찬하며 진심으로 축하해주었다.

에어컨 설치 이후 우리의 여름 나기는 한결 수월해지기는 했지만 어느 정도의 규칙은 정하기로 했다. 그리 덥지 않은 날에는 선풍기로 버티다가, 더워서 팔짝 뛸 것 같은 날 저녁에는 에어컨을 켠다. 굳이 사서 고생하는 이유는 실외기에서 나오는 열기가 안 그래도 더운 바깥을 더 덥게 만들기 때문이다. 아파트처럼 다닥다닥 붙어 사는 환경에서는 이웃에게 더운 바람을 뿜어대는 격이다. 혹시나 하고 밖에서 우리 집을 올려다보니 할머니 혼자 사는 윗집과 할아버지 혼자 사는 옆집의 실외기 거치대는 모두 텅 비어 있었다.

머지않은 미래엔 하루 종일 냉방기를 돌려야만 하는 날이 올 수도 있다. 내가 할 수 있는 건 많지 않지만 하루라도 그날을 미룰 수 있다면 미루고 싶은 마음이다. 그 과정이 조금 유별나거나 고리타분할지라도 그를 통해서만 얻을 수 있는 값지고 고유한 경험이 있다. 우리 채널의 '선풍기 양보하기' 영상 속에 담긴 내용도 그중 하나다. 그러한 경험이 하나 둘 쌓인 덕분에 우리는 한층 더 가까워졌고, 오늘을 더 감사한 마음으로 받아들일 수 있지 않았을까.

내 얼굴이 발바닥은 아니잖아*

남편

게임기, 로봇, 장난감 총 따위를 모으고 좋아했던 나에게, 아내의 화장대는 큰 미지의 세계다. 나는 미용에 별 관심이 없다. 결혼 전까지는 비누 하나로 머리와 얼굴, 몸을 다 씻는 부류에 속했다. 얼굴에 스킨로션을 바르는 건 중요한 약속이나 데이트를 나갈 때뿐이었다.

그런 내게 화장품은 수많은 브랜드와 엄청나게 긴 제품명, 세세한 용도까지 다 알아야 하는, 복잡하기 짝이 없는 분야다. 반대로 아내에게는, 내 기준으로는 작은 올리브영 분점을 차려도 되지 않을까 싶을 정도로 화장품이 많다. 지금부터 관리하지 않으면 나중에 백 프로 후회한다는 아내의 말에 지금은 나도 꼭 자기 전과 외출 전에 로션을 바른다. 하지만 이 단순한 루틴마저도 변수가 생기면 웃지 못할 사건으로 종결되곤 한다.

어느 날 밤, 여느 때와 같이 씻고 나와 얼굴에 무언가를 바르기 위해 화장대 앞에 섰다. 아내가 바르라고 했던 로션이 바닥이 났는지 아무리 탈탈 털어봐도 나오지 않았다. 다른 로션을 찾아 이것저것을 집어 들어서 로션이 맞는지 살펴보고 내려놓기를 반복하던 중, 날렵하게 생긴 제품 하나가 눈에 들어왔다. 길고 어려운 제품명이었는데 대충 보습제 같았다. 망설임 없이 펌프를 눌렀다.

'로션 용량이 왜 이렇게 적어?'

몇 번을 더 눌러 얼굴 전체에 꼼꼼히 발랐다. 그 다음 날도, 그 다다음 날도… 그렇게 나는 의도치 않게 그중에 가장 비싼, 나중에 들은 바로는 아내가 아끼고 아낀 나머지 일주일에 한 번 쓸까 말까 한 고가의 세럼을 매일 밤 거침없이 축냈다. 그것도 매우 빠른 속도로.

몇 주가 지난 어느 날 밤, 씻고 나온 나는 다시 화장대 앞에 섰다. 마침 아내도 그 앞에 앉아 무언가를 얼굴에 바르고 있었다. 나는 평소처럼 그 로션(이라고 생각한 세럼)을 꺼내 들어 펌프를 빠르게 연타하기 시작했다. 한 번, 두 번, 세 번, 네 번, 다섯 번, 여섯 번… 이를 목격한 아내의 눈이 점점 커졌다. 얼어붙은 아내는 그 순간에 아무 말도 하지 못했다. 손바닥 위에 뿌려진 그것은 곧장 내 메마른 얼굴 위에 사정없이 비벼졌다.

그때 아내가 천인공노할 만행을 목격한 사람처럼 "이, 이, 이, 익!" 소리를 내며 자리에서 벌떡 일어났다. 몇 번을 말을 잇지 못하고 버벅거리더니 "으아악!" 비명과 함께 침대 위로 기절하듯 쓰러져버렸다.

"아, 깜짝이야! 왜 그래?"

나는 나대로 놀랐다. 아내가 떨리는 음성으로 말했다.

"그, 그거, 그렇게 바르는 거 아니야. 나도 눈가에만 조금씩 바르는 건데. 아, 아니 어쩐지 이게 너무 빨리 줄어드는 거야. 나, 나는 분명히 눈곱만큼만 썼거든."

평소 따발총처럼 다다다 말하던 아내가 말까지 더듬는 모습에 사태의 심각성을 깨달았다.

"그래? 나는 몰랐지."

"이게 얼마짜리냐면… 내가 이걸 어떻게 받았냐면…."

아내는 이토록 값비싼 화장품을 어떤 경위로 갖게 되었는지를 떨리는 목소리로 설명했다. 나는 미안한 마음에 그저 맞장구를 치며 이야기를 들어줄 뿐 달리 할 수 있는 게 없었다.

"그렇구나. 그렇게 귀한 거였구나."

"오빠 쓰면서 못 느꼈어? 펌프 누를 때부터 뭔가 다르다는 게 느껴졌을 텐데… 아이고 내 세럼!"

그런데 아내의 한탄이 계속될수록 미안한 마음이 조금씩 사라지고 묘한 서운함이 고개를 들기 시작했다. 내가 화장품을 쓸데없는 곳에 버린 건 아니잖은가?

"근데… 내가 발에 발랐어?"

"응?"

"내가 그걸 내 발에 발랐냐고."

아내는 순간 당황한 듯 벙찐 표정으로 나를 바라봤다.

"내 얼굴이 발바닥은 아니잖아. 딴 데도 아니고 바로 내 얼굴에 바른 거잖아."

잠시 정적이 흘렀다. 그러더니 아내가 느닷없이 웃음을 터뜨리며 침대에 누운 채로 배를 잡고 깔깔댔다.

"그건 그렇지, 발바닥에 바른 건 아니지."

이윽고 아내가 다가와 과연 효과가 있었는지 보자며 진지한 표정으로 내 얼굴을 요리조리 살피기 시작했다. 그러더니 금세 "에이, 똑같네"라며 시선을 거뒀다. 효과가 없어서 다행인지 불행인지 기분이 묘했다.

사태는 그렇게 진정됐지만, 그날부터 아내에게 주요 화장품 브랜드 이름과 이를 식별하는 법에 대한 교육을 받았다. 교육 내용은 대부분 "만약 이렇게 생긴 로고를 봤다, 그럼 이건 절대 만지면 안 돼"와 같은 식이었다. 이 사건 덕분에 나는 고가의 화장품 브랜드를 제법 구분할 수 있게 되었다. 그 구분법이라는 게 딴 건 아니다. 집어 들었을 때 손바닥에서 식은땀이 난다면 무조건 내려놓아야 한다.

※ 남편 팁: 바르기 전에 확인하는 시간을 가지세요.

배 속의 블랙홀˚

아내

각자 근무하는 회사는 다르지만 우리 부부 모두 일주일마다 정해진 날에 재택근무를 할 수 있었다. 팬데믹 이후 재택근무를 허용하는 회사가 많아졌다고는 하지만 아직 여건상 불가능한 곳도 많다.

재택근무가 불가한 직장에서 일하는 분들은 누군가 재택근무를 한다고 하면 보통 두 가지 상반된 반응을 보이곤 한다. 무척 부러운 눈으로 보거나, 혹은 그게 말이 되냐는 의심의 눈빛이다. 하지만 n년차 재택근무자로서 자기변호를 하자면, 재택근무는 꽤나 힘든 일이다.

아침이 상대적으로 편하다는 건 인정할 수밖에 없는 사실이다. 회사로 이동하는 시간, 씻고 단장하는 시간이 세이브되기 때문에 그만큼 잠을 더 잘 수 있다. 그 생각만으로도 전날 밤부터 기분이 좋아 별거 아닌 일에도 까르륵 웃음이 나올 정도다.

푹 자고 일어나 개운한 컨디션으로 모니터 앞에 앉아서 일을 시작한다. 이때까지는 기분이 화창하다. 정신없이 몰아치는 일을 쳐내다가 문득 정신을 차리면 점심시간이다. 옆에서 말을 붙여주는 사람이 없으니 점심시간을 그냥 넘기는 경우도 허다하다. 요리할 시간이 없어 대충 배달음식이나 시리얼로 때우고 다시 컴퓨터 앞에 앉는다. 이때부터 기분 전선에 점차 비구름이 드리워지기 시작한다. 일을 하다 고개를 들면 실제로 거짓말처럼 창밖이 깜깜해져 있다.

'시간이 언제 이렇게 흘렀지' 하고 휴대폰을 보면 건강 관련 앱에서 오늘의 총 걸음 수가 26보라는 적나라한 현실을 일깨워준다. 그제야 오늘 누군가와 진심어린 말 한마디는 제대로 나눴는지, 햇빛을 한 줌이라도 쬐었는지 돌이켜보게 된다. 허망한 기분에 대충 씻고 휴대폰을 벗 삼아 잠을 청한다. 그렇게 종일 화면만 쳐다본 하루가 마무리된다.

이렇듯 재택근무는 양날의 검이다. 예쁜 포장지에 싸인

달콤한 불량식품처럼, 먹고 나면 씁쓸해지고 만다. 달콤한 유혹인 동시에 외로운 싸움이다. 아침은 눈부셨는데 저녁이 되면 허무하다. 적어도 나에겐 그랬다.

그래서 어쩌다 남편과 재택근무 날짜가 겹치는 날엔 뛸 듯이 기뻤다. 혼자 있을 때와 달리 직접 요리해서 먹고, 시간이 남으면 함께 산책을 다녀올 때도 있었다. 집에 누군가가 있다는 사실만으로 좋았다. 아니, 좋을 것이라 생각했다⋯ 초반엔.

"자기야, 우리 먹을 거 뭐 있어?"

"자기야, 좀 출출한데 우리 밥 언제 먹어?"

"자기야, 어제 사둔 빵 못 찾겠는데 어디에 넣어뒀어?"

언젠가 남편이 자신의 배 속엔 거지가 아니라 블랙홀이 있는 것 같다는 말을 했더랬는데, 이는 과장이 아니었다. 남편이 매일 아침 수영을 다니기 시작한 후부터는 가만히 있어도 배가 고픈지 끊임없이 간식, 주전부리 등 온갖 먹을거리와 씹을 거리를 찾는다. 알아서 먹으면 참 좋으련만 수시로 쫄래쫄래 찾아와 무엇이 어디 있는지, 먹어도 되는지를 꼭 물어본다. 그렇다고 빵과 과자만 먹일 수는 없기에 결국 밥을 안치고, 국을 끓이고, 상을 차린다.

'같이 재택근무 하는 날엔 해야 하는 일이 더 많잖아!'

재택근무 현실

회사 일에 보살피기 업무가 추가된다. 꽤나 촘촘하게 짜인 일정으로 밥과 간식을 제공하는 동시에 건강을 유지할 수 있도록 식후 잠깐이라도 산책을 가야 한다. 함께 재택근무를 한 날 이후로 내가 부르는 남편의 별명이 하나 더 늘었다. '형견이'다. 대형견의 형견이.

일하느라 바쁘니 질문 좀 그만하고 그냥 알아서 찾아 먹으라고 하면 입이 댓 발 나와 우두커니 서 있다. 그 모습이 웃기기도 하고, 정말 대형견 같아서 할 수 없이 미소를 지으며 다가간다. 그러곤 다시 다정하게 고쳐 묻는다.

"우리 형견이, 뭐 줄까?"

남편의 다시다 손°

아내

"나 다리 좀 주물러줘."

종아리가 붓고 뻐근한 느낌이 들어 남편에게 부탁했다.

"그래, 종아리 이리 줘봐. 이래 봬도 내 별명이 다시다였어."

"다시다? 뜬금없이 웬 다시다?"

"아, 어렸을 때부터 내 손이 유난히 시원해서 모두가 '다시 닿'길 원했다고. 촤하하!"

실없는 소리라고 웃어넘기면서도 마디마디 통통한 남편 의 손을 흘끔 내려다보았다. 남편의 손길은 아프지 않고 정 말 시원하다. 뭉근하게 오래 끓인 뭇국 같은 슴슴한 시원함

107

이다.

몇 년 전 가을, 친정엄마가 갑작스러운 유방암 판정을 받았다. 가족력도 없고 누구보다 건강한 삶을 추구했던 엄마였기에 모두 큰 충격에 휩싸였다. 이미 림프까지 번진 것 같다는 검사 결과가 나왔다. 의사 선생님의 권유에 따라 수술을 하기 전 항암 약물치료부터 받기로 했다.

독성이 강한 약물 때문에 병원에 다녀온 날엔 엄마 몸이 퉁퉁 붓고 검푸른 빛이 돌았다. 얼마 지나지 않아 공들여 파마를 한 머리카락이 한 무더기씩 빠졌다. 다음 날 친정집에 가니 엄마가 집에서 모자를 쓰고 있었다. 머리카락이 자꾸 떨어져 바닥이 지저분해지는 게 싫어서 그냥 남은 머리카락을 전부 밀어버렸다는 것이다. 엄마가 모자를 벗은 모습을 볼 용기가 나지 않았던 나는 그 말에 그저 고개만 떨굴 뿐이었다.

불행 중 다행은 코로나가 한창 기승이던 때라 대부분의 날을 집에서 일할 수 있었다는 점이다. 낮 시간 동안 엄마와 함께 보내며 밥이라도 차려드릴 수 있었다. 남편도 퇴근하면 처가로 곧장 와서 저녁을 먹고 시간을 보내다가 같이 집으로 갔다.

하루는 저녁 식사를 마친 남편이 거실에 앉아 뉴스를 보고 있는 엄마에게 다가갔다.

"종아리 좀 주물러드릴까요, 어머니?"

"아유, 됐어. 힘든데 쉬어. 괜찮아."

"저 안마 잘해요. 좀 주물러드릴게요."

남편이 땡땡 부은 엄마의 종아리를 주물렀다. 엄마 눈이 동그래졌다.

"와, 손이 정말 시원하네!"

"그쵸? 제가 이래 봬도 다시 닿고 싶다고 별명이 다시다예요."

"다리가 무거워서 잠도 잘 못 잤는데 덕분에 아주 시원해졌어. 이제 그만해도 돼. 힘들겠다."

'시원해'와 '그만해'를 연거푸 반복하던 엄마는 그간 쌓인 피로 때문인지, 사위의 다시다 손 때문인지 거실 소파에서 곤히 잠들어버렸다. 엄마가 잠들거나 말거나 계속 종아리를 주무르는 남편의 뒷모습을 보고 있자니 마음이 먹먹했다. 저 사람도 하루 종일 일하고 와서 힘들 텐데… 남편 뒷모습에 대고 고마움을 전하며, 나도 저 사람을 위해서라면 무엇이든 다해야겠다고 맘먹었다.

엄마의 투병으로 힘들었지만, 한편으론 그 덕분에 인생에서 진정 중요한 게 무엇인지 돌아보게 되었다. 늘 일을 핑계로 서로의 얼굴을 보기도 어려웠는데, 누군가 아프니 매일 모여 그 어느 때보다 많은 시간을 함께 보냈다. 고통이 있어야 비로소 우리는 존재의 소중함을 절감한다. 잘 살펴보면 보통의 삶 속에도 감사할 일과 기뻐할 일이 차고 흘러넘치는데, 그 평범한 일상이 없어진 후에야 그때가 정말 소중한 순간이었음을 깨닫는다. 비록 지금은 힘들지만 앞으로는 더 나아지리라는 희망으로 마음이 부풀었다.

그렇게 8시 뉴스, 9시 뉴스가 끝나고 스포츠 뉴스마저 끝날 때까지 남편의 다시다 손은 엄마의 종아리를 쉼 없이 주물렀다.

사랑하는 능력은 어떻게 만들어질까°

연애할 때보다, 신혼 때보다 지금의 남편을 더 사랑한다. 전과 달리 웃을 때 휘어지는 눈가 옆에는 주름이 생겼고, 머리엔 새치가 늘었다. 하지만 지금의 남편을 나는 더 사랑한다.

솔직히 결혼 전날까지 '결혼하는 게 맞나?'라는 고민을 했었다. 별다른 문제가 있었던 건 아니고, 내가 이 사람을 대신해서 죽을 수 있을 만큼 사랑하는가에 대한 고민에 가까웠다.

막말로 화장실 들어갈 때와 나올 때 다른 게 사람 마음이라는데, 평생토록 한 사람을 사랑한다는 약속은 정말 지키기 어렵지 않을까! 하지만 내일 당장 사지에 몰리는 건 아니니까 일단은 하고 보자는 심정으로 결혼했다. 이제서야 그 때를 되돌아보고 결혼이 관계의 종점이 아니라 시작점이었다는 걸 깨닫는다.

연애할 적엔 친절하고 상냥했던 사람이 결혼한 후에 손바닥 뒤집듯 불현듯 신경질적으로 바뀌었다는 '카더라'식 이야기를 주변에서 종종 듣는다. 연애와 결혼이 다르듯, 서로가 살아온 환경이 다르고 각자의 관점이 다르니 충분히 있을 수 있는 일이다. 아주 작은 부분이더라도 상대방을 이해할 수 없다면 그 외의 분야에서 아무리 코드가 잘 맞아도 조금씩 균열이 생기기 마련이다. 상대방을 이해하기 힘들거나 나 자신이 이해받지 못한다고 느끼면 관계를 이어 나가기가 어려워진다. 모든 크고 작은 싸움은 서로를 이해하지 못하는 것에서 시작되기 때문이다.

사소한 일에도 욱하는 성격의 나를 헤아려준 건 늘 남편이다. 못난 나를 공감해주고 보듬어준 것도 남편이다. 남편과 살면서 '조건 없는 사랑이 이런 것이구나'를 깨달았다.

나는 사랑을 주는 것에 능숙지 못하다. 사랑은커녕 사람을 잘 믿지도 못했다. 엄격하고 가부장적인 가정환경에서 자랐기에 그런지도 모르겠다. 나에게 사랑이란 공부를 잘하면, 대학을 잘 가면, 좋은 직장에 다니면, 제때 시집을 가면 등등 만약 이렇다면 받을 수 있는 일종의 리워드 같은 것이 었다.

학창시절엔 기대에 부합하지 못할 경우 엄한 벌을 받기도 했는데, 불행히도 나는 꽤나 오랫동안 기대에 부응하지 못하는 딸이었다. 집은 나에게 가장 불편한 장소였고 집에 있는 시간이 싫어서 늦은 시각까지 기를 쓰고 밖에 머물렀던 기억도 많다.

남편의 경우는 사뭇 달랐다. 나중에 들어보니 상당히 극진한 대접을 받고 자랐다. 고등학교 때까지 아침 등굣길을 차로 데려다주는 건 물론, 하굣길에 픽업하여 학원 가기 전 저녁을 먹이고, 바람 불면 날아갈세라 학원 끝나는 시각에 맞춰 다시 픽업하러 마중 나가곤 했다는 것이다.

성인이 되어 술을 먹고 인사불성으로 귀가하는 날에는 잠자는 도중에 목이 마를 수 있으니 머리맡에 시원한 오렌지를 두었다고 한다. 잠결에 집어 먹기 좋게 껍질도 다 까서 말이다. 아침에 빈 오렌지 접시를 보면 흐뭇했다는 시어머니의 이야기를 듣고, 그렇게 자랐음에도 남편이 꽤 괜찮은 사람으로 컸다는 사실에 놀란 기억이 있다. 반대로 남편은 나의 과거를 듣고 아마도 같은 이유로 놀랐을 테다.

남편에게는 내가 가지지 못한 능력이 있다. 조건 없이 사랑을 주는 능력이다. 그 능력은 매일 아침, 관심을 듬뿍 담은 눈으로 상대를 관찰하면서 시작된다. 눈이 마주치면 미소와 칭찬을 식물에 물 주듯 흘려 넣는다. 내가 뾰족하게 가시 돋친 말을 할 때에도 한결같다. 억센 채소를 약불에 푹 삶고 조리듯 나를 안고 달랜다. 그러다보면 어느덧 내 마음도 찜기 속 숨이 팍 죽은 양배추처럼 야들야들하고 투명해진다.

한결같은 사랑에 집중적으로 노출되다 보니 어릴 적 마음의 상처를 치유받은 듯하다. 남편을 알기 전엔 남들이 나를 이해해주기만 바랐지, 먼저 상대를 헤아릴 줄은 몰랐었다. 오랜 시간 나를 옭아맸던 그물망을 그의 도움으로 힘차게 찢고 나온 기분이다. 《이솝 우화》 속 나그네의 외투를 벗기려고 하는 해와 바람의 일화처럼 말이다. 따스한 태양빛은 시간이 좀 걸릴지는 몰라도, 마음의 문을 여는 데 가장 확실한 방법이다.

간혹 우리 채널에 이런 댓글이 달린다.

'지금까지 딱히 가족이나 결혼에 대한 로망이 없었어요. 그런데 이 영상을 보니 저도 언젠간 좋은 사람을 만나 행복하게 살고 싶다는 마음이 듭니다.'

이런 댓글엔 시선이 오래 머문다. 담담한 말 뒤에 상처 많은 과거가 느껴진다. 나를 치유하기도 했던 우리 부부네 삶의 모습이 다른 누군가의 마음 온도를 조금이라도 올려주었다는 사실에 눈물이 핑 돌 만큼 감사하다. 이제 내가 받은 만큼 남편에게, 그리고 주변에게 나눠줄 차례라는 생각을 다시금 하게 된다.

나만의 배우자 체크리스트*

아내

〈인생 녹음 중〉 채널에 업로드한 콘텐츠 중 '기준이 높은 사람'이라는 제목의 영상이 있다. 남편에게 당신은 내 까다로운 체크리스트를 다 통과한 사람이라며 거들먹거리는 말 때문에 많은 분들이 그 체크리스트가 대체 무슨 내용인지를 물었다.

솔직하게 털어놓자면 체크리스트는 없다. 그 대화가 유튜브에 공개될 줄 모르고 까불거린 게 실수다. 어렴풋이 이런 사람을 만나고 싶다는 생각만 있었지, 딱히 공유할 수 있게 잘 정리된 체크리스트가 준비되어 있던 건 아니다. 함께 있을 때 즐겁고 유쾌한 사람이었으면 좋겠다는 바람은 확실히 있었는데, 그 기준을 글로 옮겨본 적은 없다. 사랑을 찾는 데에서만큼은 이성과 말로는 규정할 수 없는 많은 영역을 감정과 마음이 판단한다고 믿었기 때문이다.

하지만 뱉은 말에는 책임을 져야 하기에 글로도 옮겨보고자 곰곰이 생각해보았다. 이번 기회에 지극히 개인적인 관점에서의 배우자 체크리스트를 조심스럽게 공유한다. 외적인 부분은 제외하고 내면적 특성만 정리해보았다.

• 꾸밈없이 자연스러운 사람

꾸밈없고 자연스러운 사람이 좋다. 그런 사람에게선 내면의 자신감이 느껴지기 때문이다. 비슷한 맥락에서, 체면을 차리지 않는 사람도 좋다. 연애 시절, 데이트 상대였던 남편이 그런 사람인지 아닌지 흐릿하게나마 알게 된 계기가 있었다.

함께 밥을 먹으려고 어느 식당을 찾았다. 인기가 많은 곳이어서 테이블 좌석은 모두 꽉 차 있었고, 높은 의자에 앉아야 하는 바bar 자리만 남아 있었다. 그곳에서 한창 식사를 하던 중에, 갑자기 남편이 앉은 의자가 중심을 잃고 흔들리더니 와장창 소리를 내며 뒤로 넘어갔다.

큰 소리에 놀란 몇몇 사람들의 외마디 비명과 함께 모든 시선이 일제히 그에게로 쏠렸다. 벼락 같던 날카로운 소음 뒤에 이어진 정적을 남편 특유의 큰 웃음소리가 채웠다. 넘어진 남편은 해맑은 웃음을 터뜨리며 일어났다. 놀라 움츠러들었던 분위기가 순간 부드럽게 풀어졌고, 한껏 긴장해 있던 내 얼굴에도 슬며시 미소가 띄어졌다.

당시 남편은 틈만 나면 나에게 잘 보이려고 온갖 허세를 부렸다. 뽐내는 듯한 말엔 별 감흥이 없었는데, 우습게도 그가 높은 의자에서 떨어지고 난 후에야 이 사람이 조금 특별해 보이기 시작했다. 그전까지는 모양 빠지는 상황을 못 참을 사람이라고 오해했었다. 만면에 환한 웃음을 머금고 자리에서 일어나던 그의 모습이 나에게는 깊은 인상으로 남았다. 어쩌면 생각보다 더 괜찮은 사람일지도 모르겠다는 생각이 들었다.

• 표정 변화가 다양하고 잘 웃는 사람

사회생활을 하다보면 종종 억지로 사람 좋아 보이는 미소를 지어야 하거나, 과하게 웃어야 할 때가 있다. 표정관리를 해야 하기 때문이다. 이성을 처음 만났을 때도 예외는 아니다. 진솔한 자기 모습을 바로 드러내기는 힘들다. 가까워지기까지 몇 년이 걸리는 성향의 사람일 수도 있고, 마음에 드는 이성 앞이면 마음과 다르게 뚝딱거릴 수도 있다.

그럴 땐 편한 자리에서 어떻게 행동하는지를 보면 좋다. 편한 사람들과 함께 있을 때 그 사람이 어떤 표정을 짓는지, 어떤 말을 하는지를 보면 그 사람에 대해서 많은 걸 알 수 있다.

연애 초기, 남편이 고등학교 동창들과 삼겹살집에서 어울리고 있을 때 염치없이 찾아간 적이 있다. 초면의 자리라 어색하긴 했지만 지금 생각해보면 살면서 잘한 일 중 하나였다. 어릴 적 친구들과 함께 웃고 이야기하는 남편을 보고 참 밝고 건강한 사람이라는 걸 확신할 수 있었기 때문이다.

표정 변화가 큰 사람은 행동과 말로도 감정을 더 잘 표현한다. 자신의 열정도, 기쁨도, 두려움도 열렬하게 드러낸다. 그런 사람과 함께 있으면 즐겁다. 같은 밥을 먹어도 더 맛있고, 같은 예능 프로그램을 봐도 더 재밌다. 감정을 있는 그대로 솔직하게 표현한다는 건 현재의 삶에 충실한 사람이라는 걸 알려주는 중요한 단서라고 생각한다.

• 좋고 싶은 것이 비슷한 사람

많은 사람이 그렇듯 나와 남편도 영화를 좋아한다. 보는 것은 물론 그에 대해 이야기하는 것도 좋아한다. 영화 이야기만 나오면 둘 다 눈이 반짝이고 몇 시간은 금세 가버린다. 영상을 전공한 남편이 제법 전문가다운 설명도 곁들여주니 더 흥미롭다.

나는 재밌게 본 영화를 반복해서 다시 보는 습관이 있다. 주변에서는 시간 아깝게 뭐 하러 그러냐며 이해를 못했는데, 다행히 남편도 보고 또 보는 부류의 사람이었다. 세상에 안 본 영화가 널렸는데 대체 왜 본 걸 또 보냐고 묻지만, 명작은 볼 때마다 새롭다. 처음 봤을 때는 미처 알아채지 못한 디테일을 찾기도 하고, 주인공이 아닌 다른 인물의 관점에서 다시 보는 재미도 쏠쏠하다.

여러 번 보다 보면 인상 깊은 장면은 머릿속에서 저절로 재생되기도 한다. 이는 일상 속에서 재잘거릴 만한 대화거리를 제공할 뿐만 아니라 재미도 높여준다. 예를 들면 우리 채널의 '닭살 멘트 받아치는 아내' 영상 속 대화에서 다람쥐가 "먹을 때까지는 들어드릴게"라고 말한 건 영화 〈신세계〉 속 명대사 '살려는 드릴게'를 떠올렸었다.

사실 상대방과 아주 깊은 유대감을 갖게 되는 계기는 좋아하는 것이 같은 경우보다, 싫어하는 게 똑같다는 걸 알게 되는 순간이다. 우리 부부에겐 그 고마운 존재가 당근이다. 어렸을 땐 잘 먹던 당근을 어른이 되고 나서부턴 기피하게 됐는데, '당근을 넣어야 음식이 예쁘다'는 말에 결코 공감할 수 없었기 때문이었다.

기가 막히게도 남편 또한 당근 색깔이 인공적으로 보인다는 이유로 먹지 않았다. 나만의 옹졸한 취향이라 생각했는데, 생각을 공유하는 다른 생명을 만나니 그리 반가울 수 없었다. 아, 지금은 둘 다 당근을 먹는다. 물론 색이 예뻐서는 아니고 밤운전을 할 때 눈이 침침해지는 것 같아 야맹증 예방 차원에서 먹는다.

• 대화가 잘 통하는 사람

결혼한다고 청첩장을 건넸을 때 한 지인이 했던 말이 생각난다.

"너는 말이 잘 통하는 사람과 결혼하는구나. 참 멋지다."

당시엔 고맙다고 웃어넘겼는데 시간이 지날수록 기분이 묘했다. 그 지인은 내 남편과 일면식도 없는데, 나와 말이 잘 통하는 사람인 줄 어떻게 알았을까? 그리고 '너는' 그렇다는 의미는, 다른 사람들은 그러지 못하다는 뜻이기도 하기에 이 점도 의아했다. 대체 다른 이들은 어떤 사람이랑 결혼한다는 거지? 바로 묻지를 못했으니 어떤 의미였는지는 아직도 모를 일이다.

소설가 앙드레 모루아는 "행복한 결혼이란 항상 너무 짧은 듯한 긴 대화"라고 말했다. 철학자 프리드리히 니체 역시 다음과 같이 말하며 대화를 가장 중요한 요소로 꼽았다. "결혼할 때 당신 자신에게 다음과 같이 질문하라. 노년에 이르러서도 이 사람과 대화를 잘 할 수 있을 것인가. 결혼 생활에서 다른 모든 것들은 덧없다."

길게 풀어 썼지만 돌고 돌아 결국 나의 배우자 체크리스트는 대화가 즐거운 사람으로 귀결된다. 모두가 인정하는 배우자를 찾더라도 결국에 그 사람과 함께 살 사람은 나 자신이니, 나와 그의 말이 통하지 않으면 불편한 것도 결국 나다. 대화가 잘 통한다면 궁극적으로는 나와 상대방 그리고 주변 모두를 좋은 방향으로 발전시키리라 믿는다.

만약 지금 인연을 찾고 있다면 자신만의 체크리스트를 만들어보는 걸 추천한다.

의견이 충돌할 때
우리 부부는 이렇게 해요

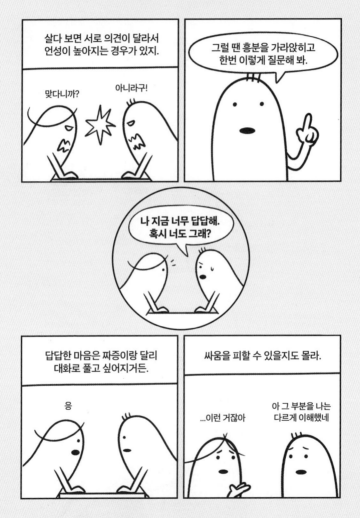

힘든 일이

우리를 강하게

만든다

어느 길치의 노래°

남편

나는 길치다. 매우 심한 길치다. 수 년간 살았던 동네일지라도 평소와 다른 경로로 가면 금세 방향을 잃어 지도 앱을 켜야 한다. 지하철을 반대 방향으로 타는 일은 부지기수고, 내비게이션 없는 운전은 꿈도 못 꾼다. 길눈이 어두운 사람들은 살면서 이래저래 시간과 돈을 버리는 일이 다반사다.

불과 얼마 전에도 사건이 있었다. 아침 출근길이었다. 판교에 위치한 회사로 출근하기 위해 고속도로를 타며 가고 있었다. 약 20분 정도를 달려 회사 근처에 도착했는데, 골목을 잘못 들어선 바람에 다시 큰길로 나오게 되었다. 속으로 구시렁대며 스스로를 탓했다.

'매번 오가는 출근길인데 또 헷갈리다니, 나도 참.'

하지만 이게 끝이 아니었다.

'어? 앞에 저거 톨게이트잖아!'

다시 나온 골목으로 들어간다는 게 그만 고속도로 입구로 진입해버리고 말았다. 그것도 반대 방향으로! 나는 속수무책으로 톨게이트를 통과하였고 강제로 고속도로를 탈 수밖에 없었다. 다시 집으로 돌아가는 방향이었다. 이 난리통에 내비게이션이 친절한 목소리로 서울까지 가서 유턴을 하라고 수정된 경로를 안내했다.

더 큰 문제는 지금 타고 있는 이 길이 출근길 정체가 매우 심하다는 사실이다. 결과적으로 나는 반대 방향 출근길 정체에 동참하게 된 꼴이 되었다. 한심하지만 어쩌겠는가. 가다 서다를 반복하던 나는 조용히 라디오를 켜는 일 말고는 별달리 할 수 있는 게 없었다. 결국 한 시간 후에야 회사에 도착했다.

바로 전 주말에도 작은 사건이 있었다. 아내와 함께 외출했다가 예쁘게 노을이 질 때쯤 집으로 돌아오는 길이었다. 사거리에서 직진만 하면 집이건만 집을 코앞에 두고 나도 모르게 좌회전을 해버렸다.

"어디 가는 거야!?"

"앗! 헷갈렸다!"

"여기서? 어떻게 여기서 길을 헷갈릴 수가 있어?"

각자의 답답한 마음을 안고 몇 블록을 돌아 다시 집으로 향했다. 나의 '길치력'에는 도저히 적응할 수 없다는 듯 고개를 내젓던 아내가 노래 한 곡을 틀었다. 육각수의 노래, 〈흥보가 기가 막혀〉.

가사 중 '어디로, 이제 난 어디로 가나'라고 통곡하듯 부르는 부분이 지금 상황과 절묘하게 맞아떨어졌다. 그렇게 운명 같은 노래 한 곡을 완창한 후, 우리는 낄낄거리고 웃으며 집으로 들어갔다.

눈송이처럼 가볍고 유쾌하게*

아내

아무리 복장 터지고 열불 나는 일이 있더라도 한바탕 웃어젖히면 기분이 나아질 때가 있다. 우리 부부가 자주 보는 가까운 지인에게 있었던 일이다. 그간 잘 지냈냐는 안부 인사에 그는 "뭐 사람 사는 게 다 똑같지"라고 말하면서 최근 겪었던 일이라며 운을 떼었다.

꽤 오랜 기간 성가시게 하는 어금니 때문에 얼마 전 치과에서 임플란트 시술을 받았다고 한다. 그런데 시술 당일, 병원 측의 실수로 전혀 문제가 없던 다른 쪽의 생니를 뽑는 대참극이 벌어진 것이다.

이야기를 듣던 우리 부부의 두 눈이 휘둥그레지고 입은 떡 벌어졌다.

"뭐? 어떻게 그런 일이! 그래서 어떻게 했어?"

"어쩌긴. 임플란트 한 개 하려다가 두 개를 해버렸지. 으하하!"

도저히 웃지 못하는 우리 부부를 앞에 두고 그는 호탕하게 웃어젖혔다. 분노해야 할 상황을 이야기하며 어떻게 웃을 수가 있지? 그날 이후로도 나는 종종 그 대화를 생각해본다. 그의 호탕한 웃음과 크게 웃을 때 언뜻 보였던 새하얀 어금니도 떠오른다. 그게 만약 나였다면 과연 저렇게 웃어넘길 수 있었을까?

이후 개인적으로 힘든 일이 생기면 '그래, 그때 생니 뽑힌 그 분도 웃었는데 나도 웃자'라며 마음을 추스르게 된다. 무슨 짓을 해도 뽑혀나간 이를 다시 심을 수는 없다. 소리를 지르며 화내도 한 번 떠나버린 어금니는 돌아오지 않는다. 그렇다면 이를 잘못 뽑은 사람을 채근하며 분노를 표하는 게 의미가 있을까.

여태껏 살면서 보아온 훌륭한 분들은 막 내려앉은 눈송이처럼 가볍고 유쾌했다. 체면치레나 근엄 같은 단어와는 거리가 멀었다. 장난기 가득한 유머로 분위기를 들었다 놨다

하다가도, 상대방의 어려움에 공감하는 면도 지니고 있었다. 권위적이거나 냉소적인 모습보다 천진난만한 아이 같은 모습이 오히려 진정한 고수 같다는 진한 인상을 남겼다. 모든 정신 단계의 최종 지점은 어린아이 같은 모습이라고 어느 위대한 철학자가 말하지 않았던가.

우리 부부도 어린아이 같긴 하다. 앞서 언급한 존경스런 분들과 달리 무언가를 깨달아서 아이 같은 게 아니라, 반대로 아는 게 너무 없어서 해맑은 경우다.

지난겨울, 하루 종일 눈이 내린 날이었다. 흰 눈이 덮인 멋진 풍경에 취해 우리는 추위도 잊고 밤늦게까지 여기저기를 쏘다녔다. 나무에 쌓인 눈 때문에 내 눈높이까지 축 처진 얇은 가지를 활시위처럼 팽팽하게 당겼다가 팅 하고 놓았다. 가지가 시원하게 하늘로 뻗어 오르며 어깨 위에 쌓인 눈을 털어냈다. 가로등 조명에 반짝이며 흩날리는 눈송이가 마치 영화 〈가위손〉의 한 장면 같았다.

어렸을 땐 눈 내리는 날이면 조금만 늦게 나와도 동네 아이들이 다 밟고 놀아서 온전히 하얀 눈을 보기가 참 어려웠는데, 요새는 며칠이 지나도 아무도 건드리지 않은 탐스러운 눈더미가 지천에 널려 있다.

남편과 살면서 많은 추억을 쌓아왔다. 마음 속 깊이 각인

된 순간은 어느 유명한 레스토랑이나 세계적인 관광명소가 아니라, 우리가 순수한 아이처럼 해맑게 웃었던 때였다. 그런 일은 꼭 특별한 공간이나 시간이 아니더라도 언제 어디서든지 일어날 수 있다. 부엌에서 커피를 내릴 때에도, 밥을 먹을 때에도, 차 안에서 노래를 부를 때에도 그런 일은 있을 수 있다. 준비물은 딱히 필요하지 않다. 가볍게 웃을 유쾌한 마음만 있으면 된다.

나를 힘들게 하는 일이 수두룩해도 억지로라도 으하하하 웃어 보이는 배짱을 가져보자. 세상은 배짱이 두둑한 사람에게 더 중요한 일을 맡기기 마련이니 말이다.

비야 제발 내려라˚

남편

"같이 테니스 배워볼까?"

아내에게 슬쩍 물었다. 언젠가 부부가 함께 테니스를 치는 게 아내의 로망이라고 말한 적이 있기 때문이다. 마침 그리 멀지 않은 곳에 '테니스 아카데미 회원 모집'이라고 큼지막하게 쓰인 현수막이 걸려 있었다. 우리는 호기롭게 주말 아침 수업을 신청했다.

수업 첫날, 군대 교관 같은 강사가 라켓을 쥐어주며 말했다.

"일단 오늘은 이걸로 수업하시고, 다음부터는 개인 라켓을 구매하셔야 합니다. 원하시면 제가 좋은 라켓을 싸게 구해드릴게요."

　처음 몇 주는 기본자세와 발 구르기 등의 기본기를 배웠다. 3주차부터는 드디어 날아오는 공을 받아치는 연습을 시작했다. 서로의 자세를 영상으로 찍어서 보여주기도 하며 본격적으로 테니스의 세계에 빠져들었다. 다만 실외 테니스장인 관계로 비가 조금이라도 오는 날엔 수업이 취소되었다.

　강습을 받은 지 넉 달쯤 지났을 무렵, 아침부터 먹구름이 잔뜩 껴서 금방이라도 비가 올 것 같은 날씨였다. 요란한 알람 소리에 잠에서 깬 아내가 물었다.

　"밖에 비 올 것 같은데, 선생님한테 수업 취소한다는 문자 안 왔어?"

　"음, 안 왔어."

　"그렇구나. 그럼 가자….."

　서로 말은 아꼈지만, 우리는 이 '안 하던 짓거리'에 점차, 아니 빠르게 지쳐가고 있었다. 주말에만 즐길 수 있는 달콤한 아침잠을 포기하는 게 조금씩 버겁게 느껴지기 시작했다. 게다가 테니스 수업도 예전만큼 재미있지 않았는데, 아마도 좀처럼 늘지 않는 실력 때문이었을 것이다. 하지만 아내를 실망시키고 싶지 않아 테니스 강습을 그만두자는 말을 선뜻 꺼낼 수가 없었다.

일주일 뒤 어김없이 찾아온 수업 날 아침, 이번에는 내가 아내에게 물었다.

"밖에 비 오지 않아? 창문 밖 좀 봐봐."

"안 와."

"진짜 안 와? 다시 잘 좀 봐."

"안 와! 나도 비 좀 왔으면 좋겠다고."

두 사람 모두 비가 오기만을 간절히 바라고 있었다는 사실을 알게 된 순간이었다. 우리는 한참을 웃었다. 나만 게으른 것이 아니었다는 안도감까지 더해져 웃음소리가 점점 더 커졌다.

주말 테니스 수업은 이제 일종의 기우제로 몰락하고 말았다. 약 반 년가량의 기우제를 동반한 테니스 맛보기 시간은 이렇게 마무리되었다. 이 일을 계기로 과감하게 테니스에 대한 미련을 끊을 수 있게 되었다. 강사를 통해 구입한 알 수 없는 브랜드의 라켓 한 쌍만이 창고 안에 잠든 채 당근 거래를 기다리는 중이다.

나의 유튜브 도전기°

남편

이 자리를 빌려 오직 몇몇만이 알고 있는 사실 하나를 고백하려 한다. 〈인생 녹음 중〉 채널이 있기 전부터 여러 차례 다른 채널을 도전해왔다는 사실이다. 별일 아닐 수 있다고 여기는 사람도 있겠지만 누군가에겐 충격일 수도 있겠다. 나 또한 고백하기를 망설였었다. 그럼에도 이전의 실패를 고백하는 이유는 누구나 한 번에 대박을 터뜨리길 원하지만 실상은 그렇지 않다는 걸 알리고 싶었기 때문이다. 나의 경우에는 너무나 여러 번 반복된 나머지 실패가 마치 당연한 절차처럼 느껴질 정도였었다.

전공으로 영상을 선택한 나에게 콘텐츠 크리에이션은 인생에서 반드시 올라야만 하는 산과 같이 느껴졌다. 결혼 후 본격적으로 도전장을 내밀기 시작했으니 제법 오랜기간 등반 중이다. 많은 사람들이 내 영상을 보는 게 물론 큰 즐거움이기는 하지만, 정말 벅찬 순간은 내 영상이 누군가의 마음을 감동시키거나 움직였다는 사실을 확인할 때이다. 진부한 표현이긴 하지만 그런 순간에 정말로 내가 살아 있는 이유를 느낀다.

신혼 시절, 황금 같은 주말을 유튜브 영상 제작에 투자했다. 아니, 투자보다는 나의 작은 비밀 내지 취미가 더 맞는 표현이다. 〈인생 녹음 중〉을 시작하기 직전까지 운영해왔던 여러 채널의 존재는 아내도 모르는 비밀이었다.

첫 도전은 애니메이션 채널이었다. 어렸을 때부터 좋아했던 〈비비스 앤 벗헤드Beavis and Butthead〉나 〈패밀리 가이Family Guy〉 등 애니메이션 시리즈에 영감을 받아서 시나리오부터 더빙, 영상까지 모든 걸 직접 제작했다. 과정은 힘들었지만 늘 해보고 싶었던 일이라 시간 가는 줄 모르고 즐겁게 만들었다. 그런데 문제는 업로드 이후였다. 수 개월간 주말을 반납하며 만들었지만 텅 빈 댓글란을 확인할 때면 마음이 울적해졌다.

그러던 어느 날 오랜 기간 품어왔던 또 다른 열정이 떠올랐다. 작곡을 공부하는 채널을 만들어볼까? 작곡은 예전부터 꼭 배우고 싶었던 분야였다. 멋진 K-pop을 만들겠다는 일념 하나로 작곡 프로그램을 독학하는 영상 콘텐츠를 만들기 시작했다. 약 3개월 정도 지나니 어설픈 곡 하나가 나왔다. 그러나 내 마음과는 달리 조회 수나 댓글 반응은 처참했다. 누군가의 피드백을 구하는 나의 간절함을 비웃기라도 하듯 싸늘한 무반응만 확인할 따름이었다.

그러나 도전을 멈추진 않았다. 이번에는 라이브 방송을 시작했다. 코믹하게 생긴 캐릭터를 만들어서 일종의 버추얼 캐릭터 방송을 시도했다. 맘껏 떠들 수 있는 장소가 필요한데 아내에게 알리기엔 창피했다. 지인에게 양해를 구해 주말에 비는 개인 사무실에서 라이브 방송을 했다.

얼마 전 아내가 그때를 회상하며 말했다.

"이제야 말인데, 주말 아침마다 어김없이 나가길래 나는 오빠가 다른 살림이라도 차린 줄 알았어."

그 이야기를 듣고 웃음이 터져 나왔다. 솔직히 아내가 오해할 만도 하다. 주말이면 이른 아침마다 슬그머니 사라지는 남편이라니.

그렇게 반년쯤 지났는데도 평균 시청자 수가 열다섯 명에서 더 늘지를 않았다. 예전의 나였으면 크게 실망했겠지만, 여러 번의 실패와 좌절을 겪고 나니 더 이상 조회 수나 구독자 숫자에 크게 연연하지 않게 되었다. 다만 어느새 차버린 나이, 팍팍한 현실, 아내와 함께 보내지 못한 주말이 늘어가면서 점차 조급해졌다. 주변 사람들에 비해 내 자신이 한참 뒤처진 것 같아 불안했다.

두려울 때마다 나는 불굴의 의지로 또 도전했다. 인기 예능 프로그램을 보며 아내와 농담을 주고받다가 아이디어가 떠올라 시작하게 된 채널이었다. 화제의 영상을 코믹하게 편집해서 올려보았는데, 인기 프로그램과 관련된 콘텐츠였기 때문에 조회 수도 전보다 높았고 댓글 반응도 좋았다. 유튜브 채널이 수익 창출을 할 수 있는 조건을 갖추었다는 첫 알림을 받던 순간은 지금도 잊지 못한다. 텅 빈 사무실에서 홀로 보낸 지난 시간들을 보상받는 듯했다. 비록 큰돈은 아니었지만 처음 맛보는 작은 성과에 그저 감사할 따름이었다.

하지만 기쁨도 잠시, 다니던 회사 사정이 나빠졌다. 내가 담당해야 하는 업무가 가중되는 바람에 회사에 할애해야 하는 시간이 늘어났다. 도저히 채널을 운영할 수 있는 상황적 여유가 없었다. 아쉽지만 잠시 영상 제작을 멈출 수밖에 없었다. 물론 시간이 조금 지나고 난 후 비밀스러운 도전이 서너 차례 정도 더 있긴 했다. 다시 한번 쓰디쓴 고배를 마셨지만 또 도전했다. 그렇게 다음, 또 다음으로 이어져 온 것이 지금의 〈인생 녹음 중〉 채널이다.

아내에게 그간의 일을 고백하면서 나의 좌충우돌 실패기가 과연 몇 차례 동안 이어졌을까 궁금해졌다. 하나하나 곱씹으며 세어보니 총 일곱 번의 도전이 있었음을 알게 되었다. 아내가 손가락을 접어가며 말했다.

"다섯, 여섯, 일곱… 말 그대로 칠전팔기네."

일곱 번 넘어져도 여덟 번 일어난 지난 시간들이 아련하기도, 바로 어제 일 같기도 하다. 매번 나를 거절하는 이들에게 그래도 같이 놀자며 대책 없이 달려들었던 스스로가 대견하기도 하다. 그 과정 속에서 애니메이션, 음악 편집 툴을 어떻게 다루는지를 배웠다. 혼자 익혔기에 어설프긴 하지만 지금의 채널에도 알뜰살뜰 써먹고 있다.

지난 시간 나를 가장 힘들게 했던 건 불안이었다. 남들과 나를 비교하면서 생기는 조급함도 있었다. 친구들은 벌써 승진도 하고 집도 사고 주식도 하면서 잘나가는데 나는 왜 몇 년 동안 영상 편집 프로그램이나 만지작거리고 있을까. 몹쓸 감정이 시도 때도 없이 찾아와 작은 파동을 만들고, 결국 큰 파도가 되어 자신감도 삼키고 의지마저 침몰시켰다.

142

이런 상태를 계속 유지하다가는 심연에 영원히 머무를 것만 같았다.

문득 쓸쓸한 마음이 들어 "나이는 먹었는데 이뤄놓은 건 없어"라고 푸념했을 때 아내가 말했다.

"이뤄놓은 게 왜 없어? 최고의 남편이잖아! 세상에서 가장 멋진 최고의 남편."

그 말은 큰 위안이 되었다. 아무것도 이룬 게 없다고 느꼈지만 아내에게는 최고의 남편이었다. 실패와 좌절로 지칠 때마다 아내가 보내는 사랑과 응원이 나를 계속 일어서게 했다.

그동안 개인적 만족을 채우기 위해 했었던 다른 채널과 달리 〈인생 녹음 중〉은 끝없는 격려를 보내준 아내에게 보내는 나만의 사랑 표현이자 헌사의 의미로 탄생했다. 아내 허락 없이 영상을 업로드하는 바람에 우여곡절은 있었지만 진심만큼은 충분히 전해졌으리라 믿는다.

굴하지 않고 계속 도전한 덕분에 나는 그토록 바라던 100만 유튜버가 될 수 있었다. 그것은 내가 가장 예상하지 못했던 시점에, 가장 기대하지 않았던 곳에서 찾아왔다. 만약 내가 첫 시도부터 성공했다면 난 지금과 같이 겸허하게 감사하는 마음을 알지 못하고 경솔하게 행동했을 것이다.

많은 이들이 말하듯 모든 일에는 다 이유가 있다. 별개의 점처럼 보이는 사건도 사실은 과거와 미래, 주변 모두와 촘촘하게 선으로 이어져 있다. 언젠가 시간이 흐르면 우리 채널이 사람들에게 완전히 잊힐 날도 올 수 있다. 하지만 우리 부부에게는 30년 후, 40년 후에도 멋진 이야깃거리로 남을 것이고, 그때에도 나는 최고의 남편이고 싶다. 그걸로 충분히 만족한다.

브레인스톱핑 미팅*

아내

"두 분 다 눈에 염증 증상이 있으니 눈을 자주 깜박이세요. 무엇보다 잠을 좀 일찍 주무세요."

토요일 아침 동네 안과 병원을 찾은 우리 부부에게 의사 선생님이 말했다. 늦게 자는 건 어떻게 귀신같이 아셨지? 채널 구독자 수가 많아진 이후 대부분의 시간은 영상을 편집하는 데 쓰였다. 힘든지도 모르고 하루 열다섯, 열여섯 시간씩 모니터 앞에만 앉아 있는 생활을 몇 주간 이어왔다. 더군다나 남편은 가끔 밤을 꼴딱 새우는 날도 있었다. 눈 안에 모래가 들어간 것처럼 까끌거리고 목과 어깨는 바위처럼 굳었다.

"영원히 이렇게 살 순 없어."

일이 많아 행복하면서도 불행했다. 안약을 받아 집으로 오자마자 남편이 눈을 반짝이며 말했다.

"우리 잠깐 브레인스톱핑brain-stopping 미팅 어때?"

"뭐야, 브레인스토밍 아니고 브레인스톱핑?"

남편은 침실로 가더니 빠른 속도로 암막커튼을 치고, 나에게 수면안대를 건네고 본인은 귀마개를 했다. 서두르는 모습이 마치 급히 여행을 떠나야 하는 사람처럼 보였다. 남편을 따라 나도 홀린 듯이 이불 속으로 들어갔다. 누가 먼저랄 것도 없이 우린 꿈속 기차에 함께 올라탔다. 한 시간 후의 일은 한 시간 후의 내가 수습하겠지….

얼마나 잤을까. 잠깐 눈을 붙였는데 벌써 삼사십 분이나 흘러 있었다. 늘어지게 기지개를 켰다. 간만에 정말 달콤한 잠이었다. 며칠 내내 나를 괴롭혔던 두통과 눈 속 까끌거림이 거짓말처럼 사라지고 없었다. 입에 커피를 밀어 넣기 전 잠을 한숨 청한 건 과연 탁월한 선택이었다.

내가 깬 걸 느꼈는지 남편도 늘어지게 기지개를 켰다.

"브레인스톱핑 미팅 최고다."

"그치? 우리 이 미팅 자주하자."

이따금 과부하가 올 때마다 잠깐씩 일을 멈추고 자문한다.

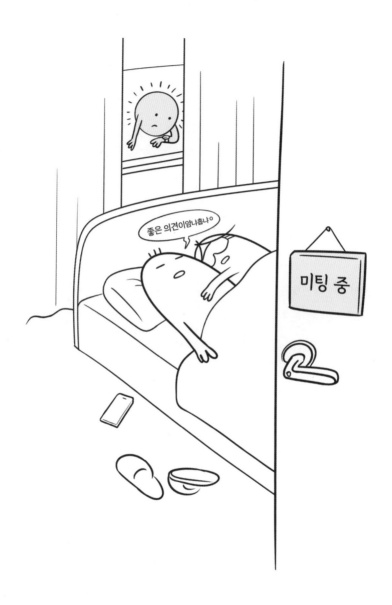

지금 너무 많은 걸 소화해내려고 욕심을 내고 있진 않은가, 무리하고 있지는 않은가. 만약 조금이라도 그렇다고 느끼면 지체 없이 브레인스톱핑 시간을 갖는다. 낮잠을 일 년에 한두 번 잘까 말까 한 나와 달리 남편은 점심시간에도 틈틈이 낮잠을 꼭 잤다. 예전에는 저 짧은 시간 동안 뭐 하러 자는가 싶었지만 이제는 십분 이해한다.

머릿속이 안개 낀 것처럼 뿌옇다고 느껴질 때에는 다 덮어두고 잠깐이라도 잠을 자는 게 낫다. 자는 게 어렵다면 몇 분간만이라도 눈을 감고 아무 생각도 하지 않는 것도 도움이 된다. 머릿속에 오가는 수많은 생각과 말의 유혹을 잠시라도 꺼보자. 갈피를 못 잡고 둥둥 떠다니던 부유물들이 침잠하면 생각지 못한 수확을 얻을 수 있다.

행복하게 운전하기*

남편

평소 운전하다보면 도로 위는 마치 인생의 축소판 같다는 생각을 하게 된다. 회사로 가는 길, 집으로 가는 길, 식구를 바래다 주는 길 등 운전하며 지나는 수많은 길 위에서 종종 삶의 교훈을 배우곤 한다.

이 기회를 빌려 내가 배운 두 가지를 이야기해보고자 한다. 혹자는 당연한 소리를 정성껏 길게도 써놨다고 느낄 수도 있겠다. 하지만 운전할 때 종종 눈이 회까닥 돌아갔었던 과거의 나 같은 사람에게는 곱씹을수록 마음의 안정을 주는 귀한 성찰이다.

첫 번째 생각은, 멀리서 보면 결국은 모두가 비슷한 속도로 가고 있다는 사실이다. 앞차를 제치거나 차선을 바꾼다고 해서 무조건 더 빨리 가는 게 아니다. 과거 한 방송사에서 실제 실험을 통해 입증한 바도 있다. 서울시청에서 강남역까지 10킬로미터를 두 대가 동시에 달렸는데, 한 차는 규정 속도를 지키며 적합한 주행 차로로만 운전했고, 다른 차는 수시로 차선을 바꾸고 심지어 카메라가 없는 구간에서는 가속까지 했다. 안 막히는 차선으로만 다니다가 교차로 직전에 끼어들기도 했다.

그 노력에도 불구하고 두 차량이 목적지에 도착한 시간은 겨우 2분 30초밖에 차이가 나지 않았다. 라면도 덜 익었을 시간이다. '5분 먼저 가려다가 50년 먼저 간다'는 유명한 말이 있다. 고작 2.5분 빨리 도착하려다가 아주 가버리는(?) 불상사를 막기 위해서는 내 속도와 차선을 지키며 다니는 게 제일이다.

이 사실을 알게 된 이후부터는 운전 중 답답했던 마음이 사그라들었다. 운전뿐만 아니라 삶에도 여유가 생겼다. 인생 역시 멀리서 보면 모두가 나름의 속도로 가고 있다는 생각이 들었기 때문이다. 누군가가 나를 앞질렀다고 해도 나와 그의 거리가 벌어졌다고 생각하며 조급해할 이유가 전혀 없다. 멀리서보면 다 비슷한 속도일 뿐더러 누군가 나를 추월하여 내달리는 길은 결국은 내가 가려는 곳과는 다를 가능성도 높기 때문이다. 각자의 방향과 속도를 존중하면서 나의 목적지에 집중하는 게 가장 빠르고도 안전하게 도착하는 방법이다.

두 번째 생각은, 내 것에 대한 집착을 버리면 행복해진다는 점이다. 옆 차선에 있던 차가 내 앞으로 끼어들면 내 영역이 침범당했다는 생각 때문에 묘하게 손해를 본다는 기분이 들곤 한다. 그러나 사실은 전혀 그렇지 않다. 그 차가 들어온 자리는 원래 비어 있던 공간이다. 그 차 때문에 내가 잠시 속도를 줄인다 해도 결과적으로는 원래의 속도를 회복하게 된다. 게다가 그 차는 높은 확률로 또 다른 차선으로 옮겨 갈 것이고, 그럼 내 앞은 이전과 같아진다. 마치 인도를 걷다가 지나가는 사람을 위해 잠시 비켜주는 정도다. 누군가 지나가려는데 애써 길을 막을 필요까지는 없지 않은가.

물론 자신만 생각하는 얌체 운전자도 있다. 하지만 가슴에 손을 얹고 생각해보면 나 또한 그 얌체였을 때가 있다. 내가 그랬듯 그 사람에게도 어쩔 수 없는 사정이 있을 것이다. 그러면 옆 차선에서 깜빡이를 켠 차에게 기꺼이 내 앞 공간을 내어줄 수 있게 된다. 여유를 가지고 운전하다 보면 자연스럽게 안전거리도 확보되어 큰 사고를 피할 가능성도 커진다. 내 것에 대한 집착을 버림으로써 내 마음도 편해진다.

　이런저런 생각을 하면서 운전하다 보니 성격이 많이 여유로워지고 짜증도 줄어드는 변화를 경험했다. 기분 탓일 수도 있겠으나 내가 바뀌니 주변에 친절한 사람들도 많아지고, 작은 행운 같은 일도 더 보이는 듯하다. 배려하는 여유를 가진 행복한 운전자가 점점 많아졌으면 하는 바람이다.

서러움의 추억[*]

남편

십 년 넘게 같은 회사를 다녔다. 공동 창업을 한 회사로, 대표이사는 아니지만 회사에 큰 애정을 갖고 열심히 일해왔다. 그러나 벤처기업을 운영하기란 예상보다도 훨씬 험난한 길이었고, 크고 작은 위기는 늘 있어 왔다.

지난여름에 있었던 일이다. 경영난으로 건물 임대료를 내기가 빠듯해져 더 작은 사무실로 이사하기로 결정했다. 이사를 몇 주 앞둔 어느 날, 임차한 건물의 관리소장이 찾아왔다. 이사 나갈 때 그전의 상태로 원상 복구공사를 해야 했기에 일정을 물어보러 들른 것이다.

"복구공사는 언제 하실 건가요?"

"지금 업체에서 견적을 받고 있는데 많이 비싸서요. 얼른 섭외해서 이사하고 일주일 안에는 꼭 끝내겠습니다."

"네. 아직 사무실이 나가진 않았으니까 일주일 안에만 해 주세요."

그 후 업체를 찾아 이삿날로부터 이틀 뒤 복구공사를 하기로 했다. 이사 당일, 아침 일찍부터 옮기기 시작해 11시쯤 되자 대부분의 짐이 빠졌다. 회의실에 있던 큰 책상은 무료 나눔에 올렸더니 순식간에 사라져버렸다. 바쁘게 움직이던 발소리가 잦아들며 텅 빈 사무실이 점점 드러났다. 몇 년간 이곳에서 오갔던 미팅, 여럿이 함께 한 점심시간, 사내 워크숍, 정든 얼굴들이 주마등처럼 스쳐 지나갔다.

남은 폐가구 정리가 필요했기에 텅 빈 사무실 한가운데 고장 난 의자에 앉아 수거업체와 통화를 하고 있었다. 그때 누군가 들어오는 소리에 입구 쪽을 바라보니 며칠 전 만났던 관리소장님이었다. 그리고 또 다른 사람도 뒤따라 들어왔는데, 이 건물 주인인 ○○법인에 근무하는 전무님이었다. 일면식이 있었기에 나는 인사를 하기 위해 자리에서 일어났다. 바로 그때였다.

"여기 싹 다 치우라고 해! 이것도 원래대로 복구하라고 해!"

전무가 관리소장을 향해 난데없이 호통을 치는 것이 아닌가! 멈칫하여 보고만 있었다. 들어보니 복구공사가 이사 당일에 이루어지지 않는 게 영 못마땅한 모양이었다. 분명 임차인인 나에게 하는 소리 같은데 애꿎은 관리소장에게만 호되게 야단을 쳤다.

계속되는 그의 고함과 손가락질, 눈 부라림 3종 세트를 참을 수가 없어서 그에게 다가갔다.

"안녕하세요, 전무님! 제가 오늘 이사를 책임지고 있어서 저한테 말씀해주시면 됩니다. 혹시 우려되는 부분이….."

"…?! 내가 지금 내 부하한테 말하고 있잖아요!"

그가 불쾌한 표정으로 소리를 질렀다.

"네, 그런데 들어보니 복구 관련해서 말씀하시길래…."

"복구도 안 하고 있으면서 무슨 복구 얘기를 한다고 하는 거야? 월세도 늦게 내고 말이야."

순간 나도 모르게 주먹에 힘이 들어가 손을 숨겼다. 먹먹한 무언가가 목에서부터 올라와 눈으로까지 치솟는 듯하더니 입천장에 고였다. 꿀꺽 삼키니 다시 목 뒤로 넘어갔다. 사무실을 내놓은 후 월세가 한 번 밀린 적은 있었지만 재차 양해를 구했고 약속한 날짜에 상환도 했다. 허나 애초에 피해를 준 건 맞았기에 그에 대해선 함구했다. 마지막까지 잘 마무리하고 싶은 심정으로 입을 떼었다.

"전무님, 왜 그렇게까지 화를 내십니까. 복구공사는 이틀 뒤로 미리 얘기가 되었는데요. 저희가 잘 마무리할 테니 너무 염려 안 하셔도 돼요. 그래도 3년이나 같은 건물에 있었는데 이것도 어찌 보면 인연이잖아요. 노여움 푸시고…."

"인연은 무슨."

그는 인상을 잔뜩 찌푸린 채 차갑게 한 마디를 중얼거리고는 등을 돌려 나가버렸다. 움켜쥐었던 주먹의 힘이 탁 풀려 다시 삐걱대는 의자에 앉았다. 참았던 눈물이 났다. 힘과 권력, 돈과 땅. 나에게 없는 모든 것이 한꺼번에 상기되는, 그야말로 슬픈 하루였다.

예정대로 이틀 뒤 복구공사가 시작되었고 사무실은 우리가 입주하기 전의 모습으로 돌아왔다. 다행히 좋은 업체를 만나서 큰 문제 없이 마무리할 수 있었다.

복구공사 업체 대표님은 말하는 속도가 남다르게 빠른 분이었다. 대표님과 통화할 때면 그 속사포 같은 설명에 나는 그저 "네네, 네네" 대답할 수밖에 없었다. 복구공사를 마치던 날, 말 빠른 대표님과 통화할 때 "네네" 소리만 연발하는 나를 보고 곁에 있던 아내가 웃음이 터지고 말았다. 심적으로 가장 힘들 때였는데 그때마저도 우리는 웃을 구석을 찾는 데 성공한 셈이다.

그때의 녹음을 '말 빠른 사람과 통화할 때'라는 제목의 영상으로 채널에 공개했다. '재밌다' '공감된다'는 댓글이 수백 개가 달리는 등 반응이 뜨거웠다. 이 경험을 통해 어떤 종류의 시련은 마음만 잘 먹으면 웃음으로 승화할 수 있다는 사실을 깨달았다. 암울하고 참담한 기억도 받아들이기에 따라 아름다운 기억으로 남을 수 있다.

잘하는 척부터 해보기*

남편

　무언가를 잘하고 싶을 때 나는 일단 잘하는 척을 할 수 있는 방법부터 연구하는 이상한 습관이 있다. 카투사에 턱걸이로 합격했을 당시, 어설픈 영어로 미군 동료에게 농담을 던지곤 했다. 처음엔 다들 내가 뭐라고 말하는지 이해하지 못했다. 하지만 정적이 흐르는 민망한 분위기로는 이어지지 않았던 게, 농담을 끝내자마자 내가 먼저 냅다 크게 웃어버렸기 때문이다. 미군들은 나를 살짝 얼빠진 놈 정도로 여긴 듯했다.

　그런데 언제부턴가 내 농담에 그들이 조금씩 웃기 시작

했다. 틀린 표현을 정정해주거나 함께 농담을 다듬어주기도 했다. 조금씩 말문이 트이기 시작했고, 매일 수다를 떠는 미군 친구도 하나둘씩 생겼다.

영어 초짜였던 나였지만 제대한 후에는 스탠드업 코미디 영상을 자막 없이 볼 수 있을 정도로 영어가 늘었다. 어떻게 하면 영어를 잘할 수 있느냐고 묻는 사람들에게 내가 추천하는 말은 간단하다. 무조건 자신감 있게, 일단 아무 말이라도 던져보라고 권한다.

"마치 스스로 원어민인 양 영어로 꾸준히 수다를 떠세요. 문법이 엉망이어도, 단어 몇 개만 사용해도 괜찮아요."

요즘은 인공지능 앱이 대화할 수 있는 말상대가 되어주니, 손쉽게 가상의 외국인 친구를 만들 수 있다. 게다가 AI 앱은 어색한 표현이나 문법적 결함을 상세히 고쳐준다.

나의 '잘하는 척'은 피아노를 독학할 때도 마찬가지였다. '어떻게 하면 잘 치는 것처럼 보일까'부터 연구했다. 동대문 디자인플라자나 세종문화회관 같은 곳에 가보면 야외에 누구나 칠 수 있는 피아노가 있다. 그곳을 지날 때면 주변 눈치보지 않고 일단 피아노 의자에 앉았다. 그러고는 내가 연습한 몇 마디를 마치 공연하는 연주자인 양 반복해서 쳐보곤했다. 다음에 이곳에 또 오게 되면 오늘 연주한 마디의 다음

부분을 연습해서 더 길게 연주할 내 모습을 기대하면서 말이다. 그 결과 짧지만 신나게 연주할 수 있는 몇 곡을 더 익히게 되었다.

김점선 화백은 책 《바보들은 이렇게 묻는다》에서 예술가가 되려면 재능과 스승이 중요하다고 생각하지만, 사실은 '자뻑'이야말로 예술가의 필요충분조건이라고 말했다. 물론 아직 그가 말하는 경지에 이르진 못했지만, 겸손이 미덕인 이 세상에서 나다움을 지키려면 근거 없는 자신감이라도 필요한 건 확실하다.

하지만 이런 나의 잘하는 척은 아내를 만나면서 끝이 났다. 아내는 미국 교환학생을 다녀온 적이 있어서 나보다 영어가 능숙한 데다, 피아노 콩쿠르에서 입상한 경력도 있기 때문이다. 가장 뽐내고 싶었던 사람인데, 그 앞에서는 명함도 못 내밀게 되었다.

그래도 나는 여전히 뭔가를 배우고 싶을 때면 일단 잘하는 척을 할 수 있는 방법부터 연구한다. 그래야 재미있으니까.

원하는 것을 얻는
남편의 전략

< 침착함의 중요성 1 >

< 침착함의 중요성 2 >

4장

너만 있으면

괜찮아

유난히 길었던 산책*

정말 바보 같은 날이었다. 늦은 저녁을 먹고 기분 좋게 나선 산책길. 컴퓨터 앞에 앉아 있느라 굳어진 몸을 풀기 위해 공원 운동기구 옆에서 스트레칭을 하고 있었다. 돌연히 큰 벌 한 마리가 내 눈앞으로 날아왔다. 놀라서 재빨리 피한다고 머리를 휙 돌리다가 그만 요란한 소리를 내며 운동기구에 이마를 쾅 찧고 말았다.

눈앞에 별이 보이고 너무 아파 비명조차 나오지 않았다. 이마를 덮은 내 손바닥 아래로 뜨거운 피가 흐르는 게 느껴졌다. 고작 벌 한 마리 피하려다가 이마가 찢어지다니! 당황한 남편이 옆에서 119에 전화하는 목소리가 들렸다. 지나가던 어떤 분이 피를 흘리며 어쩔 줄 몰라 하는 내 모습을 보고 놀라서 멈춰 섰다.

"어머나, 저걸 어째. 지혈하려면 수건 같은 걸 좀 대고 있어야 할 텐데."

그 말을 들은 남편이 순간 자신이 입은 티셔츠를 내려다봤다. 수건 대신 티셔츠라도 벗어야 하나 고민하는 듯했다. 그가 타잔처럼 상반신 탈의를 하고 동네를 누비는 모습을 상상하니 그 와중에 웃음이 비집고 나와 눈을 질끈 감았다. 다행히 한쪽 소매만 북 찢어 이마에 대주었다.

몇 분이 지나고 큰길로 뛰어나갔던 그가 구급대원과 함께 나타났다. 신속하게 응급처치를 받고 안내에 따라 앰뷸런스에 탔다. 전공의 사직으로 인해 갈 수 있는 병원을 먼저 찾아야 한다며, 차 안에서 일단 기다리라고 했다. 앰뷸런스 안의 밝은 형광등 아래 욱신거리는 이마를 붙잡고 누워 있자니 오만 가지 생각이 다 들었다. 발치에 앉은 남편을 내려다보니 나를 걱정스레 쳐다보고 있다가 얼른 미소를 지었다.

한참 전화를 하던 소방대원이 말했다.

"지금 다 연락을 돌려봤는데, 봉합을 할 수 있는 곳이 여기서 한 시간 정도 떨어진 곳밖에 없네요."

"아, 응급처치도 받았으니 괜찮다면 내일 아침에 병원에 갈게요."

내일이라도 아침 일찍 꼭 병원을 가라는 소방대원의 당부를 뒤로하고 우리는 앰뷸런스에서 내려 터벅터벅 집으로 걸어갔다. 갑작스레 벌어진 일 때문에 당황해서인지, 아니면 머리를 다쳐서인지 걷는 내내 어지러웠다. 미안하기도 하고 고맙기도 하고 스스로가 한심하기도 해서 남편의 손을 꼭 잡았다. 뛰어다니느라 땀으로 젖은 상의를 펄럭거리며 남편이 말했다.

"내가 아까 119에 전화해서 생난리를 쳤거든. 머리를 크게 다쳐서 피가 철철 나니까 빨리 좀 와달라고. 막상 플래시로 비춰보니깐 피 흘린 거에 비해 상처가 크진 않아서, 휴… 안심도 됐지만 그분들한텐 좀 민망하더라고. 촤하하하."

한쪽 소매가 찢어진 채 너덜거리는 티셔츠를 입은 남자와, 핏자국이 선명하게 스며든 반창고를 붙인 여자가 손을 잡고 웃으며 밤길을 걸어갔다.

남편과, 그 밤에 달려와준 구급대원 덕분에 적절한 응급치료를 받을 수 있었으니 얼마나 다행인가. 당시 크고 작은 나의 걱정거리들, 큰 문제라고 여겼던 갖가지 일들이 작게만 느껴지는 순간이었다.

자기 전 남편에게 매일 하는 말 "사랑해" 뒤에 그날은 이 말도 덧붙였다.

"고마워. 난 너만 있으면 다 괜찮아."

결혼을 앞둔 사람을 위한 조언°

남편

결혼을 불과 몇 주 앞두고 있을 때였다. 친한 형들을 만나 술자리에서 즐겁게 이야기를 나누고 있던 중에 한 형님이 나에게 말했다.

"내가 결혼 선배로서 하는 말이니 잘 들어. 신혼 초에 기 싸움이 중요해."

"기 싸움이요?"

"응. 첫째로 경제권, 둘째로 집안일에 대한 기 싸움이 시작 될 거야. 초반에 확실하게 해두지 않으면 너 평생 힘들어진 다!"

그 형님의 말인즉, 신혼 초에 경제권을 빼앗기면 용돈을 받아 쓰는 처량한 처지가 될 거고, 집안일의 담당자를 확실히 정하지 않으면 다툴 일이 많아진다는 조언이었다.

옆에 있던 다른 형들도 고개를 끄덕이며 잘 새겨들으라고 했기에, 귀를 쫑긋 열고 들었다. 다양한 상황에 따른 대처 방법도 전수받았다. "아내가 그때 반기를 들고 이렇게 나오면 너는 저렇게 대처해. 그럴 때 절대 타협하지 마" 등의 조언이었다.

그 후 신혼을 맞이한 나와 아내는 실제로 다양한 문제에 직면했다. 그때마다 형들의 조언이 떠올라 결연한 마음을 다지곤 했다.

'그래, 지금 기 싸움에서 이겨야 해.'

그런데 웬걸, 대부분의 문제들은 자연스럽게 풀렸다. 아내가 맛있는 요리를 많이 했기에 나는 보답으로 설거지를 했다. 반대로 내가 요리를 한 날에는 아내가 설거지를 하겠다며 팔을 걷어붙였다. 기 싸움과는 거리가 먼, 그저 호의와 답례의 반복이었다.

또한 돈 관리에 젬병인 나보다는 아내가 나으므로 그 쪽은 자연스럽게 아내가 맡게 되었다. 아내가 쭉 가계를 관리하고 나는 용돈을 받아 쓰지만, 경제권을 빼앗겼다는 생각보다는 중책을 아내가 맡아주어 편하고 고맙다는 마음이 더 컸다.

만약 내가 신혼 초에 형들의 조언에 따라 기를 쓰고 경제권을 놓지 않으려 하고, 혹은 집안일에 철저히 계산적으로 접근했다면 어땠을까? 아마도 서로를 불편해하는 관계가 되지 않았을까.

그 경험으로 인해 나는 결혼에 대한 섣부른 조언을 경계하게 되었다. 결혼은 둘만의 일이기 때문에 다른 부부의 상황이 나에게도 똑같이 적용될 확률은 그리 크지 않다. 요즘엔 수많은 영상과 커뮤니티를 통해 결혼과 관련된 다양한 경험담이 넘쳐난다. 불화의 내용이 자극적일수록 조회 수는 올라가기 마련이다.

문제는 이런 이야기들이 마치 간접경험처럼 나의 무의식에도 자리 잡게 된다는 점이다. 배우자의 인성 논란, 다양한 형태의 고부갈등, 불륜과 이혼 등의 이야기를 접하다보면, 이미 결혼을 한 나조차도 결혼이 무서워진다. 결혼을 아직 하지 않았거나 나이가 어린 사람들로서는 결혼에 대한 환상도 사라질 듯하다.

부부가 싸우는 건 문제가 아니다. 싸우고 나서 화해가 어려운 게 문제다. 배우자와 갈등이 생겼을 때, 어디에선가 들어보았던 기 싸움 기술은 오히려 갈등만 깊어지게 할 뿐이다. 분명 나의 잘못이 있음에도 자존심을 앞세워 기 싸움에서 지지 않으려고 고집을 부릴 수 있기 때문이다.

그래서 나는 결혼을 앞둔 분들에게 이렇게 조언하고 싶다.

"누구의 조언도 듣지 마세요."

왕만두를 보면 떠오르는 얼굴*

아내

남편은 막입이다. 대부분의 음식을 입에 넣자마자 너무 맛있다고 놀란다. 오죽하면 남편의 직장 동료들 사이에서 '저분이 맛있다고 칭찬하는 곳은 그냥 흘려들어라'라는 가벼운 충고가 있을 정도다.

연애 시절부터 나도 남편에게 몇 번 당한(?) 경험이 있다. 남편 직장 근처에 정말 맛있는 식당이 생겼다며 주말에도 가고 싶을 정도라고 입에 침이 마르도록 칭찬을 하길래 직접 먹기 위해 일요일임에도 회사 앞까지 찾아간 적이 있었다.

'이게 그렇게 맛있다고?'

그날 크게 실망한 후로 남편이 맛집이라는 단어를 언급하면 그날 문을 연 식당 정도로 대체해서 듣기로 했다. 그래야 나중에 크게 실망할 일이 없을 테니 말이다.

데이트를 할 때면 우린 늘 먹는 걸로 투닥거렸다. 남편은 배고프니 아무 데나 들어가자는 주의였는데, 딱히 별다른 대안은 없지만 아무 데나 들어가긴 싫어서 나는 늘 고개만 절레절레 저었다. 뭘 먹고 싶냐고 물으면 생각나는 건 없지만, 그래도 아무거나 먹고 싶진 않은 그 기분, 남편은 그 감정을 이해할 수 없는 듯했다(지나가는 어르신이 보면 '배가 덜 고팠다'고 정확하게 진단 내렸을 거다).

결혼 전 잠깐 광고대행사에서 근무했을 때의 일이다. 매일이 야근의 연속이었는데 밤늦은 퇴근길을 걱정한 남편이 종종 집까지 데려다주겠다고 회사 앞으로 오곤 했다. 그날도 밤늦게 회사 밖을 나서니 컴컴한 골목 어귀에 그의 차가 보였다. 언제 끝날지도 모르는데 굳이 귀갓길도 아닌 곳까지 와서 삼십 분이고 한 시간이고 기다리던 그였다.

"오래 기다렸지, 미안해! 빨리 나온다는 게….."

"괜찮아. 아직 저녁 안 먹었지? 나도 아직인데, 우리 맛있는 거 먹으러 갈래?"

맛있는 거라는 말에 없던 기운이 번쩍 났다. 그래, 다 먹고 살자고 하는 일인 걸. 먹자! 먹고 풀자!

"좋아! 맛있는 거 먹으러 가자!"

남편이 오케이를 자신 있게 외치고 어디론가 향했다. 그때의 나는 체력이 완전히 방전되어 수다를 떨 컨디션이 아니어서 말없이 창 밖만 보고 있었다. 한강 다리 위를 지날 때 본 어른어른한 야경이 예쁘기도, 처량해 보이기도 했다.

'이런 날은 한강에서 치맥도 괜찮겠다.'

"여기야!"

정신을 차려보니 남편이 나를 인도한 곳은 눈부시게 밝은 24시간 대형마트였다.

"이리 와봐."

그는 매장 내 통로를 자신 있게 휘적휘적 지나쳐 가장 안쪽에 위치한 식품 코너로 갔다. 김밥, 유부초밥, 샐러드, 만두 등 이미 만들어진 음식을 파는 곳이었다. 환한 진열장 속에는 갖가지 음식들이 마감 세일 스티커를 붙이고 누군가 속히 데려가주길 기다리고 있었다.

그는 만둣집 판매원이 "세 팩에 만 원"이라고 말하기가 무섭게 찐만두 세 팩을 집었다. 그러고는 근처의 서서 먹는 간이테이블로 가 방금 구매한 만두 세 팩을 하나하나 펼쳐 보였다. 맙소사, 종류별로 담은 것도 아니고 세 팩 모두 똑같은

고기 왕만두였다. 스티로폼 포장용기 안에 엉겨 붙은 만두
는 하나같이 다 푹 꺼져 있었다. 막 쪄냈을 땐 부풀었다가 지
금은 차갑게 식은 듯했다.

왕만두를 한입에 넣고 우걱우걱 먹으며 남편은 '이거지'라
는 흡족한 표정을 지었다. 순간 그의 만족스런 표정이 몹시
낯설게 느껴졌다. 천진난만하고 귀여워야 할 얼굴이 왜 그
땐 그렇게 미워 보였는지. 그가 '너는 왜 안 먹느냐'고 묻는
말에 별안간 울음이 터지고 말았다.

"으헝… 나 집에 갈래."

입에 한가득 만두를 문 그는 예기치 못한 상황에 무척 당황
했으리라. 의기양양하게 펼쳐두었던 만두 팩들을 황급히 닫
아 노란 고무줄로 다시 여미고는 나를 진정시키려고 차로 데
려갔다. 그러나 한 번 터진 눈물은 쉽게 진정이 되지 않았다.

"맛있는 거 먹으러 가자며! 으헝헝….."

"아니, 지금 시간이 늦어서… 여기 만두밖에 생각이 안 났어."

"만두가 그렇게 좋으면 만두랑 사귀어!"

충격을 받은 듯 말이 없는 남편을 돌려보내고 집에 와서
도 서럽게 울었다. 아무리 힘든 일이 있어도 밖에선 절대 울
지 않았던 나였건만, 도대체 무엇이 나를 푸드코트에서 무
너지게 만들었단 말인가. 맛있는 거 먹자고 했을 때 기대가

너무 컸었나? 아니면 마감세일 중인 만두의 행색이 마치 피곤에 찌든 나 같아서였을까?

골똘히 생각해보니 내가 오해를 한 게 있었다. 남편이라면 말 안 해도 원하는 걸 딱딱 바로 알아줄 거란 착각이었다. 비단 저녁 메뉴만 그런 게 아니었다. 따지고 보면 그게 늘 사소한 말다툼의 시작이었다. 나조차도 내 마음을 모르겠는데 그가 무슨 수로 내 마음을 알 수 있을까. 그 누구도 내가 제대로 설명할 수 없거나, 설명하지 않은 걸 다 알 수 있는 재주는 없으니 그런 무리한 기대를 걸어서는 안 되었다.

다음 날 아침, 남편에게 전화를 걸어 한껏 잠긴 목소리로 조그맣게 말했다. "어젠 미안해." 그러자 남편은 "아니야, 더 맛있는 거 먹고 싶었을 텐데 미안"이라고 역시 나만큼이나 조그맣게 답했다. 내가 잘못한 건 맞았지만, 그의 배려와 호의를 권리와 의무로 해석한 나의 반성을 굳이 전달하진 않았다. 맛있는 거 먹자고 자신 있게 24시간 마트로 향한 그의 행동에 대해서는 아직 풀리지 않은 감정이 남아 있었던 것 같다.

남편의 막입 특성은, 연애할 때는 참 마음에 안 들었는데 결혼하고 나서 보니 이만한 장점도 없다. 무엇을 요리하든 감탄하며 먹는다. 간간이 치킨, 피자 등의 배달음식을 활용

하면 풀지 못할 싸움이 없고, 해결 못할 갈등이 없다.

가끔 길을 걷다가 훈훈한 김을 내뿜는 만둣집을 보면, 양볼이 터지게 만두를 입에 넣은 그날의 남편 얼굴이 떠오른다. 저거 사가면 남편이 좋아하겠네. 남편이 먹을 고기 왕만두랑 내가 먹을 찐빵을 사 들고 집으로 간다. '우와' 하고 좋아할 남편을 생각하니 내 얼굴에도 미소가 번졌다. 만두가 담긴 봉지를 든 손이, 아무것도 들지 않은 손보다 훨씬 가볍게 느껴졌다.

동화작가 잠데르센을 소개합니다[*]

남편

    하루의 마지막 일과는 누워서 각자 스마트폰을 만지작거리는 것이다. 나는 주로 웹툰을 보고, 아내는 유튜브를 보다 잠든다. 아내는 중간에 잠들기 때문에 영상이 계속 재생되고 있는 게 문제였다. 새벽에 문득 깼을 때 잠든 아내 얼굴 위로 스마트폰 불빛이 한껏 내리쬐고 있는 걸 보면 마음이 안 좋았다. 화면을 꺼서 스마트폰을 저 멀리 치워버렸다.

    자기 전 전자기기를 들여다보는 건 분명 좋지 않다는 걸 알고 있다. 알지만 끊기가 힘들다는 이유로 지금껏 살던 대로 살아왔다. 어느 날, 우리 부부는 굳게 마음을 먹고 침실에

181

서만큼은 스마트폰 및 전자기기 사용을 일절 금지하기로 합의한, 이른바 '전자기기 프리즌'을 공표했다.

대망의 전자기기 프리즌 첫날밤이 되었다. 잠 잘 준비를 마치고 뭔가 허전한 마음으로 침대에 누웠다. 그동안의 습관에 익숙해져서일까? 잠이 잘 오지 않았다. 아내도 마찬가지인 듯 계속 뒤척거렸다. 어둠 속에서 계속 눈만 껌벅거리는 나를 보고 아내가 말했다.

"잠이 너무 안 와. 옛날이야기 해줘."

내가 할머니도 아니고, 웬 옛날이야기? 잠시 당황했지만, 어차피 나도 잠이 안 오는데 밑져야 본전이란 생각이 들었다. 내가 낼 수 있는 최대한 작은 목소리로 이야기를 시작했다.

"옛날 옛날에… 아기 돼지 삼 형제가 살았는데…."

대부분이 다 아는 내용이지만 막상 구연을 시작하니 나 또한 묘하게 집중하게 됐다. 결말을 빤히 알아서인지 아내는 이야기가 끝나기도 전에 잠이 들었다. 이럴 수가! 효과가 있었다.

다음 날 아침에 일어났는데 왠지 평소보다 훨씬 기운한 느낌이 들었다. 밤에 스마트폰을 보고 있을 때엔 내가 잠이 오지 않아 깨어 있는 줄로만 알았다. 하지만 알고 보니 화면을 보려고 억지로 깨어 있었던 셈이다. 깜깜한 방에 옛날이야기까지 더해지니 생각보다 빨리 단잠에 빠져드는 걸 직접 체험한 셈이다. 아내도 덕분에 숙면을 취했다며, 나에게 동화작가 안데르센에 버금가는 '잠데르센'이라는 영광의 칭호를 달아주었다.

다음 날에도 어김없이 옛날이야기는 계속되었다. 아내는 이야기가 끝나기도 전에 거짓말처럼 잠이 들었다. 이야기 중간쯤 아내가 손을 움찔거리면 잠들었다는 인증이다. 그제야 나도 이야기를 멈추고 곧바로 잠이 들었다.

문제는 몇 주가 지난 뒤였다. 인어공주, 백설공주 등 모든 공주들을 커버하고 동물도 커버하여 더 이상 들려줄 이야기가 없었다. 이야기 밑천이 떨어진 것이다. 그때부터 아무 말 대잔치가 시작되었다.

"옛날에 양 한 마리가 살았는데 친구가 생겨서 두 마리가 됐대. 그리고 세 마리가 됐대. 그리고 네 마리, 다섯 마리…."

"뭐야 그게? 재미없어."

어설픈 수가 먹히지 않자 다른 이야기를 만들어냈다.

"옛날에 양 한 마리가 있었는데… 패션에 유난히 관심이 많고 꾸미기를 좋아했어. 그런데 어느 날 주인이 털을 몽땅 깎아버린 거야."

급조한 이야기였지만 아내가 흥미를 보이며 이야기 속으

로 빠져드는 게 느껴졌다. 꽤나 자극적인 소재라 말하는 나
조차도 다음이 궁금했다.

이렇게 시작된 나의 잠데르센 표 옛날이야기는 급기야 1화,
2화로 나뉘어 며칠 밤에 걸쳐 이어지기까지 했다. 가끔은 낮
에 회사에서도 이 이야기의 마무리를 어떻게 지어야 할지
고민하는 나 자신을 발견했다.

자신의 전생을 기억하는 병아리, 넓은 바다에서 멀리까
지 수영하는 걸 즐겼던 고등어, 한 마을에 모여 살던 아홉 마
리 카피바라 등 정신이 몽롱한 가운데 꿈 같은 이야기를 조
곤조곤 쏟아냈다. 고등어 이야기는 심지어 감동적인 엔딩을
맺어 아내가 눈물을 쏟기까지 했다.

한동안 계속되던 잠데르센 표 옛날이야기는, 어느 날 내
가 창작의 고통을 느끼고 잠시 중단되었다. 솔직히 힘든 하
루를 보내고 밤에 몸을 누이면 아무 생각도 나지 않았다.

힘들고 피곤할수록 내 안의 보상심리가 귀에 대고 속삭
였다.

'스마트폰 말야, 조금은 봐도 괜찮아.'

잠자기 전, 결국 슬금슬금 다시 스마트폰을 보기 시작했
다. 창의적인 아웃풋이 나오려면 인풋이 있어야 한다는 핑
계였다. 하지만 나, 잠데르센의 옛날이야기 릴레이는 잠시

멈추었을 뿐 다시 곧 재개할 예정이다. 건강한 숙면을 위해 서이기도 하지만, 우연히 재미있는 이야기가 탄생했을 때의 짜릿함이 나에게도 꽤나 중독적이기 때문이다.

참을 수 없는 금덩이의 유혹[•]

아내

나는 어렸을 때부터 다른 사람의 귓속을 유난히 자주 관찰하곤 했다. 엄마 아빠의 귀는 물론, 여동생, 할머니, 이모, 피아노 학원 선생님의 귀도 예외는 아니었다. 혹 가족이나 주변 친구 중에 유난히 귀 파는 걸 좋아하는 사람이 있는가? 그게 바로 나다.

지금은 20년 이상 경력의 귀 청소 실력을 인정받아 가끔 고객 의뢰가 들어올 정도지만, 결혼 전 매일같이 보는 가족들에게는 그저 귀찮은 집착에 불과했다. 남편이 아직 남친이었을 때, 그러니까 내가 타인의 귓속 사정에 관심이 많다는 사실을 아직 몰랐던 때에, 운전 중이던 남편이 운명 같은 말을 꺼냈다.

"누가 내 얘기하나? 왜 귀가 간지럽지?"

순간 그 어느 때보다도 심장이 빠르게 뛰는 걸 느꼈다.

"뭐가 들어갔는지 내가 봐줄게."

빠르게 귓속을 들여다본 나는 깜짝 놀라 숨이 멎을 뻔했다.

'금광이다! 금광이야!'

번쩍거리는 금덩이들이 터널 입구를 꽉 막은 채 캐볼 테면 캐보라며 나를 유혹하는 게 아닌가.

"오빠, 귀지가 많아서 간지러운 것 같아. 나 잠깐 요 앞에 내려주면 얼른 귀이개를 사올게."

"아니 그렇게까지는….."

이미 나는 뒤도 안 돌아보고 차에서 내려 빛의 속도로 귀이개 구입에 성공했다. 차를 잠시 한적한 골목에 대고 고대하던 채굴 작업에 착수하였다. 남편의 귀지는 완벽했다. 너무 건조하지도, 너무 물렁하지도 않은, 딱 알맞은 경도였다. 조심스럽게 황금덩이들을 캐내어, 저울에 올리듯 남편 손바닥 위에 올렸다.

"와, 이게 다 내 귀에서 나온 거야? 하긴, 이비인후과 갔을 때 나보고 귀지가 많이 생기는 타입이니 귀 청소를 자주 해주는 게 좋을 거라고 하더라."

그 말을 들은 나는 잠시 채굴 작업을 멈출 수밖에 없었다.

소울메이트. 내 뇌리를 스친 한 단어였다.

'이 사람일까? 내 영혼의 단짝이?'

물론 그 이유 때문만은 아니지만, 결론적으로 우린 결혼했다. 지금도 이따금 남편의 귓바퀴를 살짝 들어 올려 나의 작은 금광이자, 작은 치즈 공장 속을 설레는 마음으로 들여다본다.

내가 너무 자주 확인하는 걸까? 결혼 이후로는 줄곧 지나치게 말끔한 상태다. 하루는 귓속을 보곤 화가 나서 "오빠, 혹시 나 몰래 면봉으로 귀 청소해?"라고 몰아세우듯 물었다가 둘 다 어이가 없어 웃음이 터지기도 했다. 나의 작은 금광이 잘 돌아가고 있는지 오늘도 자기 전에 한번 들여다봐야겠다.

나 홀로 공포영화

아내는 공포영화를 좋아한다. 연애할 때는 쳐다도 안 보다가 결혼하고 나서부터 본격적으로 즐기기 시작했다. 공포영화만이 갖고 있는, 말초신경을 자극하는 스트레스 해소 성분이 있다나? 결혼 전 혼자 잘 때는 무서워서 보지 못했지만, 결혼을 한 뒤에는 남편이 있어 덜 무서우니 공포영화를 마음껏 볼 수 있다고 좋아했다. 이 말을 들었을 때는 약간의 뿌듯함을 느꼈다.

'음, 내가 있어 듬직하다는 뜻이로군.'

단 아내가 공포영화를 혼자 보는 일은 없었다. 자려고 누우면 꼭 침대 핸드폰 거치대에다 자신의 핸드폰을 꽂고 공포영화를 틀어서 같이 봤다. 음량을 조절하려다가 가끔 핸드폰이 빠지면서 집중하고 있던 얼굴 위로 떨어지곤 했는데 악 소리가 날 만큼 아팠다. 공포는 그게 진짜 공포였다.

떨어진 핸드폰을 다섯 번쯤 맞았을 때, 도저히 안 되겠다 싶어 인터넷에서 빔프로젝터를 구매했다. 어디에 빔프로젝터 스크린을 쏠지 고민하다가 침실 천장에 쏘면 좋겠다는 기똥찬 아이디어가 떠올랐다. 그럼 침대 위에 편하게 누워 영화를 볼 수 있지 않은가!

예상대로 이불 속에서 안락함을 느끼며 영화를 보는 구도는 정말이지 완벽했다. 아내도 올해에 가장 잘 구매한 아이템이라며 입에 침이 마르도록 칭찬했다. 그런데 생각지도 못한 문제가 생겼다. 공포영화가 끝나고 옆을 돌아보면 아내가 세상 모르게 곤히 자고 있었다.

결국 나 홀로 공포영화를 즐긴 꼴이었다. 그 많은 무시무시한 장면을 이제껏 혼자 봤다는 생각에, 영화가 끝나면 더 오싹했다.

'뭐야… 나도 혼자 보면 무섭단 말이야.'

주섬주섬 빔프로젝터를 끄고 나도 돌아눕는다. 눈을 감아도 두 눈에 담긴 무서운 장면들이 재생되기 시작한다. 섬뜩한 기분이 들어 아내를 쳐다보지만 아내는 여전히 세상모르게 꿈나라를 헤매고 있다. '나 홀로 공포영화'가 또 한 편 더해지며 밤은 깊어간다. 사람이 그리운 밤이다.

뽀뽀도 타이밍°

아내

함께 재택 근무를 하는 날엔 남편이 큰 책상을 쓰고, 나는 식탁에 앉아 업무를 보곤 한다. 그날은 오전 내내 비디오 콜 미팅이 잡혀 있었다. 아시아 마켓을 대상으로 하반기 전략을 논하는 중요한 미팅으로, 서른 명 남짓한 인원이 참여하고 있었다. 발표자를 제외한 나머지 사람들은 음소거 상태였고, 예의상 카메라는 모두 켜둔 상태였다.

중요한 내용이 나오면 정리하여 보고해야 했으므로 발표 내용에 바짝 집중했다. 한참 노트북 모니터를 들여다보고 있는데, 나도 모르는 사이에 남편이 옆으로 다가와 대뜸 이

마에 뽀뽀를 쪼옥 했다. 남편을 보고 방긋 웃은 것도 잠깐, 내 노트북 카메라가 켜져 있다는 사실을 깨달았다.

순간 온몸의 땀구멍에서 식은땀이 분출하는 듯했다. 퍼뜩 시선을 다시 노트북 화면에 고정한 뒤 이를 악물고 복화술로 남편에게 말했다.

"그르믄 으뜩해! 즈금 크므르 크즈 있든 므려."

(그러면 어떡해, 지금 카메라 켜져 있단 말야.)

"헉! 몰랐어."

"뺄르 즐르 그, 은능!!"

(빨리 저리로 가, 얼른!)

남편은 믿을 수 없다는 듯 자신의 입을 틀어막고 방으로 사라졌다. 이전에도 남편이 비디오 미팅 중에 출연한 적이 있긴 하다. 그때도 비디오 미팅 중인지 모르고 뒤로 지나가는 바람에 등장했었다. 하지만 오늘처럼 본격적으로 화면 앞으로 진출한 것은 처음이었다.

나는 최대한 아무 일도 없었다는 듯 무표정을 유지하는 한편, 미치도록 빠르게 클릭하여 페이지를 넘기며 미팅에 참가한 모든 사람들의 얼굴 표정을 하나하나 확인했다. 한결같이 아무것도 보지 못한 진지한 표정이었다.

'좋았어! 발표자가 화면 공유 중이어서 다행히 아무도 내

얼굴을 보진 못했군.'

안심하던 중 페이지 끄트머리에서 한 흑인 여성분을 발견했다. 놀란 듯 입이 쩍 벌어져 있다가 이내 무척 흥미롭다는 듯 음흉한 미소를 띠었다.

'…아, 이 사람 봤구나.'

엄숙한 장소에서 몰래 간식을 먹다가 모르는 사람과 눈이 마주친 적이 있는가? 그때 볼 수 있는 '너 나한테 딱 걸렸어' 하는 표정을 그 여성분이 짓고 있었다. 나도 파르르 떨리는 눈웃음과 어색한 미소로 화답했다.

손바닥이 땀으로 흥건했지만 이를 어쩌랴. 이미 엎어진 바가지요, 쏟아진 물인 것을. 사랑이 넘치는 남편 덕분에 저 여성에게 나는 미팅 중에 뽀뽀를 받은 사람으로 기억될 것이다.

티키타카 맞춰가기°

남편

    우리 부부의 공식 계정 아이디는 '티키타카부부tikitakaboo boo'다. 스페인어인 티키타카tiqui-taca는 원래 축구 용어로, 팀원 간에 짧고 빠른 패스를 주고받는 플레이 스타일을 뜻한다고 한다. 우리나라에서는 말이 잘 통하고 코드가 맞는 사이에서 "우린 서로 티키타카가 참 잘 맞는다"는 식으로 쓰이는데, 다른 말로 하면 정서적 궁합이 잘 맞는다는 표현이 되겠다.

    어릴 적만 해도 형제나 친구들과 함께 텔레비전을 보고 있으면 어른들한테 바보상자나 들여다보고 있다고 핀잔맞

기 일쑤였는데, 요즘에는 텔레비전을 보는 것조차 서로 의미 있는 시간을 보내려는 노력처럼 느껴진다. 혼자 스마트폰을 만지작거리며 쉬는 게 가장 편한 세상이기에, 같이 사는 사람과 티키타카를 맞추려면 혼자 있을 때보다 더 즐거운 우리의 시간을 만들려는 노력이 필요하다.

연애와 결혼의 가장 큰 차이점은 더 이상 매일의 헤어짐이 없다는 점이다. 일하는 시간을 제외하고 나만의 시간으로 분류되었던 영역들이 결혼 이후부터는 점차 우리의 시간으로 채워진다. 서로의 다름을 이해하고 공감하는 데 부단한 노력이 필요한 시기이기도 하다. 이때엔 상대방의 생활방식이나 관심사가 조금 낯설게 느껴지더라도, 이를 외면하기보다는 최대한 긍정적인 호기심을 갖고 접근해보는 걸 권장한다.

함께 즐겁게 시간을 보내는 방법을 찾았다면 그때부터는 그 시간을 매일 조금씩이라도 채워나가면 된다. 우리는 함께 드라마나 영화를 자주 본다. 그렇게 하자고 정해두지도 않았는데 드라마나 영화를 보기 전에는 꼭 상대방도 같이 볼 건지 의사를 묻는다.

'네가 나에게 말 안 하고 본 드라마나 영화는 없을 것'이라는 무언의 합의가 있다. 그런 아무짝에도 쓸모없어 보이는 합의 같은 게 가끔은 인생에서 의외로 큰 안정감을 준다. 비록 지금은 각자 할 일에 파묻혀 있지만 오늘의 끝자락에는 함께 골라둔 영화를 본다는 기대를 하기 때문이다.

나는 꽤 오랫동안 2차 세계대전 관련 콘텐츠에 심취해 있었고, 자연재해나 재난 소재 영화를 무척 좋아했다. 아내는 독특하다고 놀리면서도 나의 영화 선택을 흔쾌히 받아들여 주었다.

얼마 전 같이 본 영화는 외딴곳에 조난당한 사람의 이야기였다. 영화를 보다 말고 나의 상상 속으로 아내를 초대하듯 넌지시 물었다.

"비상사태에 대비해서 우리도 생존 배낭 같은 걸 미리 챙겨두어야 하나?"

"그래, 완전 좋은 아이디어네!"

비상용 생존 배낭을 꾸릴 생각만으로도 흐뭇한데 아내가 맞장구를 쳐주니 더욱 신이 났다.

안 쓰는 배낭 두 개를 가져와 영화에서 봤던 물건들을 하나씩 떠올리며 짐을 꾸렸다. 물병, 손전등, 주머니칼, 콩 통조림… 또 뭘 넣지? 집에는 야전삽도 없고 라디오도 없었다. 텅 빈 배낭을 고민스럽게 쳐다보고만 있는데 아내가 중요한 거라며 서류 뭉치를 들고 왔다. 각종 계약서, 보험약관, 인감

도장 등이 배낭 속으로 들어갔다. 이런 게 생존에 필요한 물건이 맞나? 예상대로 우리의 생존 배낭은 아직은 미완성 상태다.

사실 생존 배낭의 완성도는 그리 중요하지 않다. 중요한 건 상대방의 엉뚱한 아이디어에도 흔쾌히 그러자고 말할 수 있는 열린 마음이 아닐까. 평생을 함께 할 사람과의 관계는 무척 소중하기 때문이다.

잘 맞던 사람끼리도 점차 달라지는 경우도 분명 있다. 그때마다 나는 함께 생존 배낭을 싸줬던 아내의 모습을 떠올릴 것이다. 그리고 우리의 시간을 다시 즐겁게 만들기 위해 몇 번이고 도전할 계획이다.

외할머니 같은 남편 *

우리 집에는 네 개의 반려식물이 있다. 그중 가장 고참이자 가장 큰 고무나무는 이사한 첫 주말 꽃시장에서 사왔다. 그날부터 지금까지, 우리 집 한구석을 변함없는 짙은 녹색빛으로 채워주는 고마운 생명이다. 지난 수년간 키가 많이 자라 중간에 한 번 큰 화분으로 분갈이를 해주었다.

고무나무가 쓰던 화분은 둘째 몬스테라가 물려받았다. 몬스테라는 우리 집 다른 식물들에 비해 질곡 많은 삶을 살았다. 초보 식집사인 내가 수경재배로 바꿨다가 흙으로 다시 옮기기를 반복하는 바람에 고무나무만큼 번성하지 못했다.

201

몬스테라는 줄기 아래서부터 잎을 틔우기 시작한다. 최근에 틔운 잎은 큼직하고 싱그러운데, 처음 틔운 이파리는 유달리 작고 노란빛을 띠었다. 힘없어 보이는 첫째 잎이 마음에 쓰여, 보일 때마다 그쪽으로 해가 더 잘 들도록 화분을 돌려두곤 한다.

어느 날 내 손보다 조금 작은 그 이파리를 자세히 들여다봤다. 자잘한 잎맥이 주름처럼 번진 게 마치 작은 손바닥 같았다. 새끼 줄기들을 내느라 지치고 파리한 그 잎을 만지작거리다가 문득 돌아가신 외할머니 생각이 났다. 할머니 손도 이렇게 작고 주름졌었다. 그리움의 기억은 이렇게 생각지도 못한 때에 갑작스럽게 떠오르곤 한다.

외할머니 집에는 화분이 많았다. 봄에는 군자란이 주홍빛 꽃을 피우고, 여름에는 새빨간 제라늄이, 작고 향긋한 동양란과 크고 탐스러운 호접란은 봄가을마다 번갈아가며 꽃을 피웠다. 할머니 집에 들어서면 꽃 향과 함께 구수한 밥 냄새가 났다. "내 강아지 새끼!" 소리도 들렸다. 할머니에겐 내가 여섯 살이건 스물여섯 살이건 늘 강아지였다. 그래서 할머니에게만큼은 언제나 응석받이로 남을 수 있었다.

반가운 할머니 품에 달려가 안기면 이 세상에서 가장 따뜻한 곳에 와 있는 듯한 느낌이 들었다. 그 품 안에서 슬픔이

나 부끄러움, 후회와 같은 감정은 썰물처럼 빠져나가고 따뜻함과 평안, 행복감이 차올랐다.

할머니가 돌아가시고 다다음 해 나는 결혼했다. 표현이 좀 우습긴 하지만, 남편은 나에게 외할머니 같은 존재다. 하루 종일 일에 치이고 사람에 치여 뭐라고 말할 기운도 없이 퇴근했을 때, 남편은 내 얼굴만 보고도 "오늘 힘들었구나" 하고 안아준다.

힘들 때 위로받을 수 있는 사람, 세상이 비난해도 내 편을 들어줄 사람. 한 명이라도 그런 사람이 옆에 있다는 건 큰 축복이다. 아직 그런 사람을 만나지 못했다면 좋은 방법이 있긴 하다. 내가 먼저 누군가에게 그런 존재가 되는 것이다.

어디에선가 '귀여운 것이 세상을 지배한다'는 말을 듣고 공감되어 웃었던 적이 있었다. 나 또한 하찮고 귀여운 것에 마음을 빼앗겼던 적이 많기 때문이다. 생각해보면, 귀여운 것이 세상을 지배하지만 그 귀여운 것을 지배하는 건 '다정한 것'이다. 다정한 것은 무언가가 귀엽다고 결정하는 주체이며, 귀여운 것이 세상을 지배하도록 사랑 어린 눈길로 내버려두는 친절한 관조자다. 다정한 것 없이는 제아무리 귀여운 것이라 할지라도 세상을 지배하기는커녕 존재조차 하지 못했을 것이다.

성인이 될수록 진심 어린 칭찬 한마디, 격려의 말 한마디 듣기가 참 어려워진다. 특히 돈 내고 수업을 듣던 학생 신분에서 벗어나, 거꾸로 돈을 받으며 사회생활을 시작하는 시점부터는 더욱 뼈저리게 느낀다. 그 정도밖에 못 하냐고, 더 잘 할 순 없냐고 추궁당하기 쉽다.

직접 식물을 키워보니 꽃을 피우기란 결코 쉬운 일이 아니다. 할머니도, 엄마도 계절마다 꽃을 척척 피워내서 쉬울 것이라 착각했는데 전혀 그렇지 않다. 지금보다 어렸을 적, 지금의 내 나이 정도 되면 할 수 있을 거라 믿었던 많은 일들이 나에겐 아직 어렵고 서툴다. 내 나이 때의 우리 부모님은 벌써 자녀도 있었는데 말이다.

꽃을 피우려면 관심과 사랑이 필요하다. 식물도 그런데 사람은 오죽할까. 인내심과 애정, 지속적인 관심이 있어야 사람도 서서히 꽃을 피운다. 메말랐던 마음 속 연한 새 잎을 내보이고, 숙였던 고개를 들어 마주보고 웃는다. 우리 모두는 누군가의 작은 희생 덕분에 하루를 살아갈 수 있다.

내 곁을 지켜주는 소중한 그 사람의 손을 꼭 잡고 잊지 않도록 매일 말하고 또 말하자.

"세상에서 제일 사랑해."

아내를 더 사랑하게 되다°

사람들과 어울리다 보면 문득 '이 사람은 나와는 정말 다르구나'라는 느낌을 받을 때가 있다. 그 차이가 간극처럼 느껴져 불편한 관계로 이어지는 경우도 있지만, 간혹가다 그 차이 때문에 도리어 더 매력적으로 느껴지는 사람이 있다. 후자의 경우 그 사람에게 더 흠뻑 빠져드는 계기가 된다.

아내와 나 또한 서로 다른 점들이 몇 가지 있었다. 그중 가장 도드라진 건 행복에 대한 기준이었다. 나는 그저 '돈이 남들보다 아주 많았으면 좋겠다' 정도의 꿈을 갖고 있었는데, 이 기준이 명확하지 않아 외부 요인에 이리저리 쉽게 흔들리는 편이었다. 그런데 아내는 나와는 조금 달랐다.

"저 차 멋지지 않아? 엄청 인기 많아서 받으려면 1년도 더 기다려야 한대."

옆에 지나가는 신형 외제차를 보며 말하자 아내가 심드렁하게 답했다.

"그래? 잘 모르겠는데… 나는 오빠 차가 더 멋진 것 같아."

당시 나는 열세 살 정도 된 소형차를 몰고 있었다. 한때 내가 애정해 마지않았던 나의 첫 차였지만, 아무리 봐도 번쩍거리는 스포츠카보다 좋아 보이진 않았다. 그래서 그 말이 순전히 내 감정을 배려한 빈말인 줄 알았다. 하지만 이 사람에 대해 더 잘 알고 나니, 그때의 대답이 진심이었다는 걸 알 수 있었다.

아내는 자기만의 기준이 명확한 사람이다. 사람들이 아무리 멋지고 좋다고 눈앞에서 흔들어대도 그의 기준에 차지 않으면 관심을 두지 않았다. 그가 생각하는 멋지고 행복한 삶은 어떤 차를 타느냐와는 크게 관련이 없는 듯했다. 그리고 자동차가 그것을 운전하는 사람의 중요한 자질을 전혀 대변하지 않는다고도 생각했다. 그래서 진심으로 나의 오래된 차에 더 애착이 가고, 실제로도 멋지게 느꼈나 보다.

행복을 느끼는 역치는 마치 물가처럼 나이가 들수록 점차 높아진다. 컵떡볶이로도 만족했던 어린 시절의 금요일과 지금의 금요일을 비교해보면 된다. 다만 행복의 역치는 스스로 조절할 수 있다. 언제나 남들보다 좋은 것, 항상 최고급, 최상급만 고집하는 사람은 평범하고 보통의 것을 경험하면 전혀 기쁘지 않다. 그래서 금방 기분이 나빠지고, 만사가 불만스럽고, 내가 응당 받아야 할 대우를 받지 못해 불쾌해지는 병에 걸린다. 시간이 걸리더라도 사소한 것에서 행복을 찾는 연습을 하면 이런 증상에서 벗어나는 게 한결 쉬워진다.

자신만의 눈으로 세상을 보는 아내의 모습이 건강하게 빛나 보였다. 내가 흐릿한 배경 속 조연처럼 여기저기 휩쓸려 살고 있었다면, 아내는 확고한 색채를 띤 주인공의 삶을 사는 듯했다. 내가 점점 더 아내에게 빠져들게 된 계기이기도 하다.

그런 아내를 닮아가고 싶어졌다. 함께 살다 보니 한때 내 눈과 귀와 온정신을 사로잡았었던 행복의 상징들, 그러나 이제는 나에게 크게 의미 없는 그것들을 놓아줄 수 있게 되었다. 앞으로도 배경이 아닌 주인공으로 살아가고 싶다. 가장 기본적이고 소중한 삶의 태도를 보여준 아내를 나는 한없이 사랑하고 존경한다.

잠자리에 들며 *

"자, 이제 불 끈다."

하루를 마무리하고 함께 이불 속으로 들어가는 시간은 언제나 짜릿하다. 침대 위에서 기다리고 있던 나의 애착 담요를 만난다. 이 담요는 너무 포근해서 덮자마자 잠들기 때문에, 바로 마감하고 셔터를 내린다고 해서 '셔터 이불'이라고 부른다.

불을 끄고 잠이 들락 말락 할 때쯤이면 여러 가지 생각이 떠오른다. 그날 하루 있었던 일, 잘한 일, 잘못한 일, 맛있게 먹었던 음식, 환경오염, 지구 온난화, 밤중에 갑작스럽게 대

피할 일이 생긴다면 집에서 재빨리 갖고 나갈 물건 등등….

가느다란 상상의 실이 꼬리에 꼬리를 물고 풀어져 나온다. 그중 오래된 레퍼토리처럼 늘 마지막에 스멀스멀 떠오르는 주제가 있었으니 바로 '남편과 나, 둘 중 누가 먼저 죽을까'이다.

비몽사몽 하는 와중에도 거기까지 생각이 미치면 어김없이 슬퍼진다. 하지만 그 누구도 다음 날 아침에 멀쩡하게 일어난다는 보장을 할 순 없으니 언제든 생각해볼 만한 주제이기도 하다.

좋아하는 말 중에 메멘토 모리Memento Mori라는 말이 있다. 죽음을 기억하라는 뜻이다. 고대 로마 시절, 전쟁에서 승리한 개선장군을 위해 화려한 퍼레이드가 열렸는데, 장군이 탄 전차에는 노예도 함께 탑승하여 퍼레이드 내내 장군의 귓가에 '메멘토 모리'라는 말을 끊임없이 되뇌게 하였다고 한다. 잠깐의 승리와 화려한 개선식에 도취되어 언젠가는 죽을 한낱 인간일 뿐이라는 사실을 망각하지 말라는 일종의 경고인 셈이다.

그리스 신화에서 잠의 신과 죽음의 신은 서로 형제지간이다. 그래서 잠을 '작은 죽음'이라고도 한다. 좋은 의미도 있고 나쁜 의미도 있다.

어릴적 나는 부모님의 맞벌이로 대부분의 시간을 외조부모님과 보냈는데, 외할아버지는 내가 일곱 살 때 여느 날처럼 잠자리에 드셨다가 그대로 영면하셨다. 할아버지와 동갑이셨던 할머니는 쭉 혼자 사시다가 정확히 20년 뒤에 돌아가셨다. 그때마다 머리 위로 하늘 전체가 한 겹씩 내려앉는 기분이었다.

죽음에 대해 부정적인 생각만 하는 건 아니다. 소위 천재로 칭송받는 인물들을 보면, 어쩌면 저들은 남들보다 죽음을 조금 더 일찍 깨달았을까 하는 생각이 든다. 어릴 때부터 자신에게 주어진 한정된 시간을 느끼고 삶의 목적을 이루기 위해 계속 정진한 듯 보이기 때문이다. 죽음은 남겨진 사람에겐 슬픈 일이지만 미리 준비하는 사람에게는 이렇듯 순기능을 한다.

여자의 기대수명은 남자보다 길다. 게다가 나는 남편보다 몇 살 아래이니, 평균대로 산다면 내가 남편보다 더 오래 살게 될 것이다. 예전엔 남편보다 내가 먼저 가기를 바랐다. 남편 없는 삶을 견딜 수가 없을 것 같아서였다. 그런데 몇 년 지나고보니 그건 마음 약한 남편에게 너무도 가혹한 처사라는 생각이 들었다. 아무래도 그냥 내가 양보해서 조금 더 살리라 혼자 마음먹어본다.

언젠가 한 사람이 먼저 떠날 수밖에 없다는 그 필연적 시련을 생각하면 여전히 슬프다. 하지만 더 이상 동요하지는 않는다. 대신 옆에 누워 웹툰을 스크롤링하는 남편의 손을 가만히 잡는다.

그러고는 함께 한 오늘이 얼마나 소중했는지, 함께 나눈 웃음이 얼마나 즐거웠는지, 내일은 얼마나 더 큰 기쁨으로 가득 찬 하루가 될지를 이야기한다.

스티븐 스필버그의 영화 〈A.I.〉에서처럼 먼 훗날 기술이 발전해 과거의 어느 날로 돌아갈 수 있다고 치자. 만약 단 하루만 다시 살 수 있다면 예전의 어느 날로 돌아가고 싶을까? 그럼 나는 두 번 생각할 필요 없이, 바로 오늘을 살고 싶다.

고등어 이야기

잠데르센 지음

그 고등어는 빠르게 헤엄쳐서 저 멀리까지 가는 걸 좋아했대.
그래서 매일 넓은 바다를 멀리멀리 헤엄쳐 갔어.

시원하게 헤엄치던 그때, 또 다른 고등어를 만났어.
너무나 예쁜 그 고등어에게 그만 첫눈에 반해버리고 말았대.

둘은 결혼을 했고, 매일 함께 헤엄치며 넓은 바다를 누볐대.

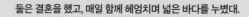

어느 날, 예쁜 고등어의 배가 불러오기 시작했어.
둘 사이에 아기 고등어가 생긴 거야! 둘은 너무너무 기뻤대.

그래서 그날부터는 멀리 헤엄치지 않고
아내 고등어와 안전한 곳에 꼭 붙어 있었대.

그런데 고등어가 잠시
한눈을 판 사이에
일이 생기고 말았어.

아내 고등어가
낚시꾼의 그물에 걸리고 만 거야!

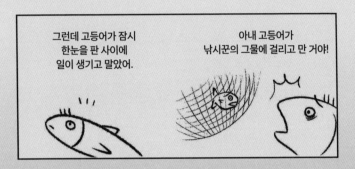

남편 고등어가 놀라서 물 위로 끌려가는 아내 고등어를 쫓았어.

"날 쫓지 말고 당신은 얼른 도망가요."
아내 고등어가 말했지만 남편 고등어는 계속 따라갔어.

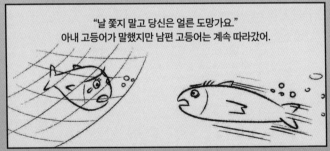

어부에게 남편 고등어가 애원했어.
"어부님, 제발 제 아내를 놔주세요."

하지만 어부는 들은 척도 하지 않고
아내 고등어를 가두었어.

"어부님, 제 아내를 놔주시고 차라리 저를 데려가세요."

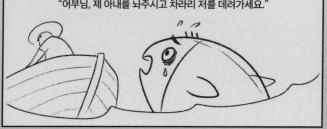

그때, 하늘을 찢는 듯한 천둥소리와 함께 비바람이 몰아치기 시작했어.
거센 풍랑이 배를 뒤집고 말았지.
아내 고등어는 철창에 갇힌 채 바다 밑으로 잠겼어.

남편 고등어는 아내를 따라
깊은 바다로 내려갔어.

하지만 문이 단단히 잠겨 있어서
아내를 도저히 꺼낼 수가 없었지.

"여기는 춥고 위험해요. 난 괜찮으니 당신은 어서 떠나요."
아내 고등어가 말했지만 남편은 계속 아내 곁을 지켰어.

그러던 어느 날, 아기 고등어가 세상 밖으로 나왔어.
아기 고등어들은 너무 작아서 철창 사이를 마음대로 왔다 갔다 할 수 있었대.
고등어 부부는 그 모습을 보며 너무나 기뻤대.

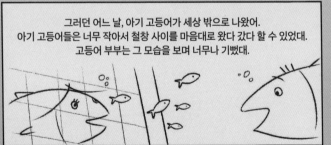

시간이 얼마나 지났을까.

아기 고등어들이 무럭무럭 자라서
어린이 고등어가 되었어.

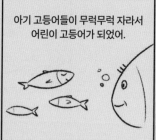

어린 고등어들이 입을 모아 말했어.
"우리가 힘을 합치면 엄마를 꺼내줄 수 있을지도 몰라요."

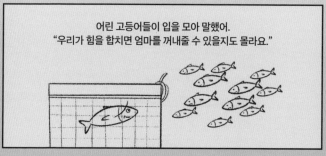

그러고는 다 같이 힘을 합쳐서 매듭을 잡아당겼어.
보고 있던 아빠 고등어도 열심히 거들었어.

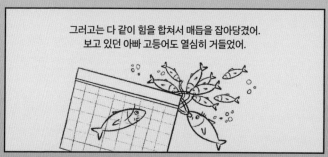

마침내 철장 문이 끼이익
소리를 내며 열렸어.

드디어 엄마 고등어가 밖으로 나왔어.
모두가 힘을 합쳐서 구해준 거야.

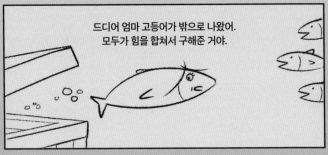

고등어 가족은 서로 부둥켜안고 기뻐했어.

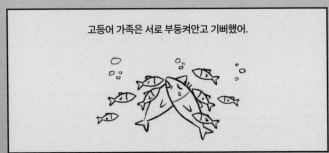

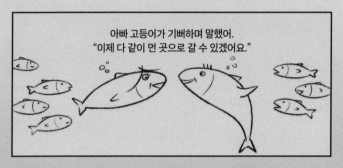

아빠 고등어가 기뻐하며 말했어.
"이제 다 같이 먼 곳으로 갈 수 있겠어요."

고등어 가족은 함께 웃으며 멀리멀리 헤엄쳐 갔대.

- 끝 -

자기 울어?!

감동적이야...

나와 잘 맞는 행복을 찾는다면

부부간에 대화만 잘 통한다면 행복하게 살 수 있다는 생각을 처음부터 철썩같이 믿었던 건 아닙니다. 남들이 흔히 말하는 좋은 배우자의 조건을 귀동냥으로 수도 없이 들어 잘 알고 있었기 때문이지요. 하지만 결국엔 나와 잘 맞는 사람, 나에게 감동을 주는 사람과 결혼하게 됐습니다. 지금은 서로 간의 신뢰를 바탕으로 한 대화가 결혼생활에 필수라고 믿게 되었습니다.

저희 영상에 예쁜 옷이나 멋진 집은 없어요. 실력보다는 흥을 표방하는 노랫소리와 사람 좋은 웃음소리만 있습니다. 그럼에도 많은 분들이 그 속에서 행복을 발견해주시지요.

결국 우리가 원했던 건 부족한 나라도 포용해줄 수 있는 누군가가 아니었을까요? 세상이 원하는 게 아닌, 오직 나에게 있어 진정 행복하고 의미 있는 삶은 어떤 모습일지에 대해 다시금 곱씹게 되는 요즘입니다.

책을 쓰면서 출간 제안을 받았던 과거의 그날로 여러 번 되돌아갔습니다. 인생에 쉽게 오지 않을 기회에 흥분한 나머지 "일단 해보겠다!"고 외친 과거의 나에게 몇 번이나 꿀밤을 쥐어박았는지 모릅니다. 제정신이 들고나니 당최 어떤 글을 어떻게 써야 할지 막막했거든요.

서툰 글이니만큼 솔직해지기로 했습니다. 제 안의 이야기들을 부족한 글 솜씨로 더듬더듬 써내려간 책은 유튜브에 올릴 영상을 만들 때와는 무척 다르게 다가옵니다. 부디 너그러운 마음으로 재미있게 읽으셨길 바랍니다(지금은 안 웃었어도 자기 전에 생각나서 피식 웃음이 날 수도 있습니다).

읽어주신 모든 분들의 마음이 여유와 사랑으로 오래오래 가득 채워지길 바랍니다.

인생 녹음 중 부부 올림